うちの巫女、もらってください

神奈木 智

幻冬舎ルチル文庫

CONTENTS ✦目次✦

うちの巫女、もらってください

✦カバーデザイン＝吉野知栄（CoCo.Design）
✦ブックデザイン＝まるか工房

イラスト・穂波ゆきね ✦

うちの巫女、もらってください

1

おい、と強く肩を揺さぶられて、麻績冬真《おみとうま》は眠りの水底から引き上げられる。それも、かなり無理やりだ。例えるなら、網にかかった魚が抵抗虚《むな》しく陸に上げられるように、何とか覚醒《かくせい》した後もずっしりと疲労が全身に纏《まと》わりついていた。

「……すいません、俺、いつの間に……」

「しっかりしろ。笹本《ささもと》の愛人、出てきたぞ」

「え、こんな夜中にですか。今何時……ああ、三時半か。追いますか」

「いや、待機班の方へ連絡した。そっちのが早い。この時間ならタクシーだろ」

「そうか……本当にすみません、矢吹《やぶき》さん」

「何がだ？」

捜査の相棒であり、教育係でもある刑事の矢吹信次《しんじ》は、冬真の謝罪に不可解な顔をする。しかし、張り込みの最中に居眠りしてしまうなんて大失態もいいところだ。どんな罵倒《ばとう》も甘んじて受ける覚悟でいたが、意外にも矢吹は声ひとつ荒げなかった。

「まぁ、仕方ねぇだろ。今日で三日、ほとんど寝てないんだ。人手不足も極まれりだな」

「俺より矢吹さんの方が……俺は、少なくともトータルで三、四時間は寝てますよ」

「大して変わんねぇよ。つか、不毛な会話は止《や》めとこうや。交代要員もろくに来ない現場に当たるなんざ、麻績も大概ツイてねぇよなぁ。輝けるキャリアのエリートさんは、一生知らなくたっていいくらいだぞ。そもそも、査定に何もプラスになりゃしねぇ」

「そんなことで文句言うくらいなら、矢吹さんとは組んでいませんよ。萜島《はいしま》課長にも、嫌気が差したらいつでもよその課へ移してやるって言われてますし」

「萜島の野郎……」

それはそれで腹が立つのか、たちまち矢吹がムッと顔をしかめる。

最近は多少の歩み寄りがあったようにも感じていたのだが、先輩刑事と上司の間にはやはり独特の緊張感が拭《ぬぐ》えずにあるようだ。

（かつては今の俺と矢吹さんみたいに、先輩・後輩で一緒に組んでいた相手なのにな）

立場が似ているだけに複雑な気持ちになるが、しかし自分と萜島蓮也《れんや》ではまったく人としての種類が違っていた。同じキャリアでも向こうは超がつくエリート中のエリートで、三十歳の若さですでに警視正の肩書きを持っている。

「どうする？　尾行中の班から連絡くるまで、ちょっと休んでおくか？」

「いえ、何が起きるかわかりませんし。笹本の居場所がわかれば、すぐに召集がかかりますよね。矢吹さんこそ、本当に大丈夫ですか？　マジで寝てないじゃないですか」

「寝てる間に次の犠牲者が、なんてこと思うとオチオチ安眠もできねぇよ」

苦笑いでごまかして、矢吹はそんな呟《つぶや》きを漏らす。だが、満更それもでまかせではなかった。現在追っている連続殺人の犯人は、非力な女子高校生ばかりを狙《ねら》った快楽殺人者だ。金品や乱暴目的ではなく、殺すことそのものが目的になっている。五月の終わりから一ヶ月ですでに犠牲者は二人出ており、何としても次を出す前に逮捕したいところだった。

（二人目の犠牲者との共通点が確認されて、連続殺人と断定された直後にすぐさま捜査本部が設置されたもんな。捜索願が出されている女子高生の中に、三人目がいないとも限らないわけだし……）

冬真と矢吹は、質素なアパートの一室を借りて第一容疑者の愛人を一週間前から張り込みで監視している。もちろん交代要員もいるのだが、少し遅れてテロリスト絡みの大きな事件が起こり、捜査員の大半が中途から援護に持っていかれてしまった。

（お蔭《かげ》でここ三日、ろくに休めなくなってるわけだけど）

まぁそれもしょうがないか、とも思う。第一容疑者の笹本は神出鬼没で、冬真たちが監視している愛人とはさほど密な繋《つな》がりがない。要するに、ホンボシへ辿《たど》り着くには極めて頼りない線なのだ。所轄のN区の班長は押しが強く、目ぼしい手がかりをほぼ自分の部下に割り振ってしまっていたので、冬真たち警視庁の人間は珍しく割を食っているのだった。

「そうクサるなって、麻績。どんな薄い線だって、バカにはできねぇぞ。案外、化ける可能性だってあるからな」

「矢吹さんはそう言うけど、根拠はあるんですか？」

「ある」

にんまりと唇の両端を上げ、矢吹は缶コーヒーをぐびりと飲んだ。

「犯人は快楽殺人者だって話だろ。てことは、獲物を探している間も犯行の後も、かなり興奮状態にあるはずだ。要するに、犯人が男の場合は女を抱きたくなるんだよ」

「なる……」

「けど、問題はその後だ。性的興奮をセックスで鎮めようとしても、結局は物足らないって事実にぶち当たる。そうなると、歯止めはどんどん緩むぞ。犯行ペースが上がったり、行動範囲が広がる可能性もある。つまり、笹本の愛人の対応次第で今後の犯行が占える」

「じゃあ、もし笹本を任意で引っ張れなくても、愛人に再度聞き込みをすれば……」

「そういうこった。ま、女が素直に協力してくれれば、の話だけどな」

深夜なので外から目立たないよう、室内は照明を落としている。ぼんやりとした月明かりの差し込む中、矢吹の淡々と語る声に冬真は言いようのない感慨を抱《いだ》いていた。

（やっぱり、矢吹さんは伊達《だて》に現場で頑張ってないな。まだまだ、この人には教わることがたくさんある。蒄島さんが俺を一課に残してくれたことには、本当に感謝だ）

冬真は、もともと外資系の会社で働くビジネスマンだったが、あるきっかけで一念発起し、国家公務員Ｉ種を受けて警察庁入りをした。だから、本来なら数ヶ月単位でいろんな課を回り、研修をしていくのが通例だ。それを、もう一年以上も一課に留めておいてもらっている。

（蒞島さんの意図はよくわからないけど、少なくともおかしな企《たくら》みはないようだしな）

正直、冬真にも蒞島という男はよくわからない。矢吹から断片的に聞く過去の彼と、現在の姿とに大きな乖離《かいり》を感じるせいもある。少なくとも、今の蒞島は典型的なエリート官僚と言えた。上層部の覚えもめでたく、要領よくコネを広げて足場を固め、どんな事件が起きてもまず各課のバランスと政治的影響を考える。

（そこが矢吹さんは気に食わないようだけど……これぱかりはなぁ）

う〜ん、と頭を悩ませてから、ハッと我に返った。

いけない。今の自分は、とても他人の心配などしている余裕なんてないのではないか。

「お、そういやぁ、高清水《たかしみず》神社の禰宜《ねぎ》さんは元気にしてるか？　麻績、張り込みに入ってから全然話題に出さないだろ。おまえのことだから、てっきり二十四時間態勢で惚気《のろけ》まくられると覚悟してたんだけどな？」

「……葵《あおい》のことですか。いや、まぁ……」

「あぁ？」

「し、仕事中ですから」

説得力皆無な言い訳をし、冬真はわざとらしく視線を逸《そ》らす。こちらとしても、許されるのなら二十四時間、恋人の咲坂《さきさか》葵についで語るのはやぶさかではなかった。何しろ、生まれて二十七年間、男になど欠片《かけら》だって性的興味を抱かなかった自分が、今まで付き合ってきたどんな美女よりも夢中で恋をしている相手なのだ。

しかし……――。

「あ！　矢吹さん、連絡です！　携帯鳴ってます！」

「おう！」

威勢よく矢吹が答え、捜査用の携帯電話を手に取る。そう、今は余計なことを考えている場合ではなかった。集中しろ、と己へ言い聞かせ、冬真は電話の会話に注目する。泥のような眠気《ねむけ》は、いつの間にかすっかり吹き飛んでいた。


もう一年近くになるのか、と葵は小さく溜《た》め息をつく。境内《けいだい》の掃除を始めたばかりだというのに、意識はちっとも勤めに集中してくれなかった。

（あいつと初めて会ったのは、やっぱりこんな陽気の日だったな）

箒《ほうき》を持つ手を止め、午後の陽光にボンヤリ照らされながら、珍しく過去へ思いを馳《は》せる。それくらい、この一年間は振り返る間もなく慌ただしく過ぎていった。

（でも、無理もないか。うちの神社でおみくじを買った人が連続で殺される事件が起きて、その後には弟の木陰《こかげ》の誘拐事件だ。あの時は、本当に生きた心地がしなかった。それに……)

それに、の後をどう続けようかと惑った途端、眼鏡《めがね》の奥で生真面目な瞳《ひとみ》が曇る。無論、冬真のことを思い出したからだ。忘れ難い出来事の中でも、麻績冬真という男との出会いは葵の一生を決定づける大きな影響を与えるものだった。

(ここしばらく、連絡がないが……)

捜査一課の刑事という職業柄、冬真が激務なのは容易に想像できる。現に、一時的な音信不通や約束のドタキャンなど、ゆっくり会えないのは日常茶飯事だった。今更メールの一本もないからといって不安に思う理由などないし、葵にも禰宜としての大事な役目がある。しかし、今回に限っては憂鬱な気持ちを拭えそうもなかった。私情に振り回されるなど、精神鍛錬がなってない証拠だと自分を叱《しか》りつけてもみるが、気になるものは仕方がない。

(どんな事件に当たっているのか知らないが、メールくらい送れるだろうに)

妙な意地を張って連絡を取らない自分を棚に上げ、葵はまた一つ溜め息を落とした。

「おやおや。陽《ひなた》、憂いたっぷりな禰宜さんの姿、実に絵になりますな」

「ええ、これはたまりませんな、木陰。一点の染みもない白衣《びゃくえ》がまたエロいです」

「白こそ男のロマンですな。ナース服しかり、ドクターの白衣しかり、禰宜装束しかり」

「清廉な色に眠る至高のエロス。今、葵兄さんの内側には燃えたぎる欲望のマグマが！」

「マグマが！」

「俺を呼ぶ！」

「イエァ、俺を……あいたっ！」

調子に乗ってラップへ発展しかけた二人に、葵のゲンコツが振り下ろされる。涙目で頭を抱える少年たちは、一卵性双生児の弟、陽と木陰だ。

「痛いなぁ、葵兄さん。暴力反対！　ＤＶ反対！」

「せめて頭はやめて、頭は！」

「……おまえたち」

はぁ、と深々と息を吐き出し、思い切り低い声で睨《にら》みつける。毎度のパターンだが、いつもと少し様子が違うのは、葵の表情が暗いままのせいだ。双子の悪ふざけに乗せられて気がつけば悩んでいるのがバカバカしくなるのが定番だったが、今回ばかりはそんなに単純に気持ちの切り替えはできなかった。

「まず、学校から戻ったら〝ただいま〟と言いなさい。ふざけるのはその後だ」

「はぁい、ごめんなさい」

聡《さと》い彼らは茶化したりせず、ごく素直に謝ってくる。少しきつく対応しすぎたかな、と葵が戸惑っていると、左目の下にホクロのある木陰がおずおずと口を開いた。

「あのさ、葵兄さん。やっぱり、気にしてるの？」

「え……」

「いや、してるよね。普通、しないはずないよね。木陰、そういうの愚問っていうんだ」

ホクロのない陽が、由々しき問題とでも言いたげに口を挟んでくる。二人ともまだ中学生だが、たまに葵がたじろぐほど大人びた側面を見せる時があり、先刻までの無邪気な表情はすっかり影を潜めていた。

「ねぇ、葵兄さんが溜め息ついてたのって、ハンサム刑事《デカ》が原因でしょ？　あれから全然連絡がないの？　メールも？　最近、神社にも来てないよね？」

「それどころか、マンションにも帰ってきてないって本当？　朝のお掃除の時、ボランティアの鈴代《すずしろ》さんが言ってたんでしょ？　〝店子の麻績さんは、一週間ほど顔を見ない〟って」

「…………」

サラウンドで問い詰められ、どう答えようかと葵は迷う。たちまち双子は悲観した顔つきになり、「ほら、やっぱり」と声を揃《そろ》えた。

「葵兄さんの憂鬱は、大抵ハンサム刑事が原因なんだから。ほんと、許し難いよね！」

「ちょっと待て。その断言ぶりは、聞き捨てならないぞ。別に、俺は麻績なんて……」

「あのね、弟にまでツンデレを発揮しなくていいから。なぁ、陽？」

「そうだよ。だって、僕たちも〝どういうことさ〟って思ってるし。な、木陰？」

うんうん、と互いに額を突き合わせて納得し合う彼らに、葵も続く言葉を失う。

何故《なぜ》なら、二人の指摘は正しいからだ。

自分が先ほどから何度も溜め息をついてしまうのは、間違いなく冬真が原因だった。

「とにかく、おまえたちは家へ戻っていなさい。今日は、冬美《ふゆみ》ちゃんも来ないそうだから」

「え、そうなの?」

「木陰、これはとばっちりって奴だぞ!」

まともにショックを受ける弟たちに、葵も内心同情を禁じ得ない。彼らが御執心の冬美は冬真の異母妹で、週に一度、高清水神社にお茶を習いに来る母親にくっついてくるのだ。数年前、ある犯罪に巻き込まれて以来車椅子での生活を余儀なくされている彼女は、教室が終わるまで同年代の双子と遊んで時間を潰《つぶ》すのが常だったが、先週ちょっとした騒動があったせいで訪ねるのを遠慮しているのだろう。

だが、冬美の関心を引こうと四苦八苦の双子には相当残念なお知らせには違いなかった。二人は目に見えて落胆し、とぼとぼ項垂《うなだ》れながら母屋《おもや》へ向かう。放課後、寄り道もせずに真《ま》っ直《す》ぐ帰宅したのも冬美に会うためだったのだから、不憫《ふびん》としか言いようがなかった。

「可哀想《かわいそう》に……」

後ろ姿を見送りながら、葵はポツリと呟く。

もし、自分が冬美に電話をして「気にしなくていいから」と言えれば、あるいは彼女も気分を変えるかもしれない。しかし、逆効果でますます落ち込ませてしまう可能性もゼロではなかった。それに、もう一人の当事者である冬真が不在ではどうしようもない。

「麻績の奴……いつまでしらばくれている気だ」

巡り巡って思考が振り出しに戻り、恋人の面影を恨めしく思い描く。

葵の胸は重苦しく塞《ふさ》がれたままなのに、脳裏に浮かぶのは甘い微笑と、柔らかく名前を呼ぶ冬真の優しい声ばかりだった。


「見合いだぁ？　誰が？　おまえが？」

「しーっ。声がデカいですよ、矢吹さんっ」

呆《あき》れ顔の矢吹に慌てて詰め寄り、冬真は声を落として注意する。ようやく張り込み部屋を引き上げ、備品を総務課へ返却した二人は、久しぶりの自分のデスクでホッとひと息ついたところだった。

「いや、悪ぃ。けど、おまえが見合いって……ありえねぇだろ」

「どうしてですか」

「どうしても何も、禰宜さんどうすんだよ。第一、おまえは男が好き……」

「矢吹さんッ！」

何を言い出すんだ、と狼狽《ろうばい》しつつ、思わず椅子から立ち上がる。何か揉《も》め事かと同僚の刑事が数名、ちらっとこちらに視線を流したが、強張《こわば》る愛想笑いで何とかごまかした。だが、あまりにストレートな矢吹の物言いに、冬真は早くも話したことを後悔する。そもそも、同性の葵と付き合っていても、世の中の男が全部恋愛対象になるわけではないのだ。それを、「男が好き」の一言でカテゴライズされてしまうのは心外だった。

「まぁ、確かに俺の恋人は男ですよ。でも、周囲にはカミングアウトしていませんし、何も知らない親が見合い話を持ってきても不思議はないわけで」

「ああそうか、まだ秘密なんだな。そりゃ、簡単には言えねぇか……」

「そういうことです」

やれやれと腰を下ろし、しみじみと納得している矢吹にこそばゆくなる。自分と葵の付き合いを偏見なく受け入れてくれた懐の深さには感謝しているが、改まって「大変だな」という顔をされると、何と返していいかわからなくなるからだ。

「ひとまず事件も片付きましたからね。これから、プライベートの問題も片づけないと」

「ああ、なーんか肩すかしな展開だったけどなぁ」

どことなく微妙な表情で、矢吹が息を吐いて腕を組む。

結局、一週間に及んだ張り込みは、笹本の逮捕という急転直下の結末で幕を閉じた。

犯人確保については状況証拠しかなかったため、当初は居場所を確認したら任意で引っ張るか別件で逮捕するかが検討されていたのだが、愛人の思わぬ証言によって凶器と思《おぼ》しきスカーフが数枚、押収されたのだ。笹本はプレゼントと称して、呼び出した愛人に包装もされていないそれらを渡していた。

「しかしよぉ、どうも快楽殺人者にあるまじき行為だとは思わねぇか？　犯行に使ったとなれば、記憶の反芻《はんすう》にはもってこいだろうに」

「犯行……そのスカーフで絞殺したんでしたよね」

「ああ。被害者から奪った〝犯行の記念品〟に匹敵する、超お宝なはずだぞ」

「………」

事もなげに矢吹は言うが、想像しただけで冬真はゲンナリする。この上、自分の見合い話などという更に疲れる話題は蒸し返したくないが、心を許せる誰かに聞いてもらいたいのも事実だった。折悪しく張り込みに入ったせいで葵とまともに連絡ができず、気まずいまま別れたきりなのだ。

「それでですね、話が戻るんですけど」

「あ？　見合いか？」

「そうですよ、お見合いです。矢吹さんはどう……」

「ふぅん。バツイチの矢吹くんは、性懲りもなくまだ結婚願望があるのかな？」

え、と聞き覚えのある声に、思わず言葉が止まる。視線を移さなくても、会話に割り込んできた人物が誰なのか冬真にはすぐにわかった。

「――蓜島課長」

どうしてここに、と狼狽《うろた》える冬真とは対照的に、矢吹があからさまな渋面を作る。天敵のおでましとでも言うような表情だが、しかし以前に比べれば若干苦手ゲージが下がっている気がしなくもない。その証拠に、彼はわざとらしくその場を立ち去ろうとはせず、わざわざ自分から蓜島へ声をかけようとした。

「何だよ、蓜島サン。捜査の報告書なら、岡田《おかだ》課長代理に渡しとくぞ？」

「ああ、それはもういいよ。スカーフを押収したのは、N署の人間だろう？　あちらで作成したものを上へ提出することになってるから。麻績くんも、寝ずの張り込みご苦労様」

「あ、いえ、ありがとうございます」

「すまなかったね、人員が割けなくて。君たちのヤマも早期解決が求められていたんだけれど、警察はテロという言葉には脊髄《せきずい》反射で動くから。とにかく犯人が検挙されて何よりだ」

にこやかな口調で近づいてくる蓜島はさりげなく上等なスーツを着こなし、場違いに洗練された佇《たたず》まいを見せている。物腰は警察の人間とは思えないほど優雅だし、眼鏡の奥で理知的に輝く瞳も、エリート然とした端整な容姿をより一層引き立てていた。

「おまえ……じゃねぇわ、蓜島課長」

「何かな、矢吹くん？」

元が先輩・後輩の間柄なだけに、ともすると矢吹の物言いは雑になる。だが、蓜島は一向に気にした風もなく、真意の読めない微笑を彼へ向けた。

「先ほどの僕の意見なら、無視して構わないよ。単なる嫌みだから」

「ああ？　おまえなぁ……ッ」

「ま、待ってくださいっ。違います、見合いは俺の方です！」

「え？　麻績くん、お見合いするの？」

険悪な空気を払拭《ふっしょく》しようと声を上げた冬真に、蓜島の怪訝《けげん》そうな視線が突き刺さる。はっきりと打ち明けたわけではないが、蓜島はT大で葵の先輩にあたる知り合いで、冬真との特別な付き合いも薄々勘づいているフシがあった。

「どういうことかな。葵は、そのこと知っているの？」

「あ……はい。ていうか、お見合いは断ったんです。その場ですぐに。義母が親戚から持ち込まれた縁談なので、俺は危険な仕事に就いていて一生現場を離れる気はないから、と伝えてもらったら、むしろこっちからお断りします、みたいな勢いでした」

「ああ、それはそうだろうね。出世コースには乗らないと宣言したようなものだし」

くすくすと蓜島は笑い、そんな彼を矢吹が苦々しい目で見つめる。

「けっ。まるきり他人事《ひとごと》って言い草だな、エリート課長さんは」

「それは仕方ないよ、矢吹くん。まさに他人事なんだから」

「……あのですね」

どうして、この二人はすぐ緊張感溢《あふ》れる方向へ進もうとするのだろう。冬真はウンザリしつつ割って入り、「だから、本来は葵に報告するまでもない話だったんですよ」と続けた。

「俺自身、そんな話があったことさえ忘れていたくらいです。ところが、先日うちの妹が高清水神社へ出かけた際に、うっかり葵に見合いのことを話してしまって」

「ああ……そういうことか」

「俺が黙っていたって、葵はそりゃもうめちゃめちゃ怒ったわけですよ」

「そりゃ、禰宜さんとしちゃ当然の反応だな」

冬真の話に、莇島と矢吹が交互に答える。

「俺、とにかく謝ったんですよ。隠していたわけじゃない、忘れていただけだって。俺と葵の仲を何も知らない妹の前だったし、言葉には気をつけたけど、とにかく俺が大事なのは葵だって何とか伝えようとして。だけど、困ったことに……」

「うんうん」

「葵、怒ると凄《すご》い綺麗《きれい》なんですよ」

「………………」

「なんじゃ、そりゃ」

莇島の沈黙に、呆れた矢吹の呟きが重なった。よもや、この流れでいきなり惚気に突入するとは予想できなかったのだろう。だが、冬真本人は惚気ているつもりではなく、あくまで真面目に話しているだけなのだ。

そもそも同性の葵に惹《ひ》かれたきっかけも、参道で銜《くわ》え煙草をしていたところを手厳しく怒られたのが始まりだった。一見おとなしめな葵が実は誰よりも情熱的な性格だと知るには、彼に怒られるのが一番手っ取り早い。冬真は身を以《もっ》てそのことを実感し、怒られ、説教をされるたびに葵への関心が深まっていった。

「いわゆる、ギャップ萌《も》えってやつかもしれません……」

「麻績くんの偏った嗜好は、この際どうでもいいから。とにかく、怒っている最中に君が能天気にボーッと見惚《みと》れたものだから葵はますます怒り心頭、取り成しが利かなくなっちゃったというわけだ。ねぇ、冬真くん、君は……」

「はい？」

「バカなのかな？」

にっこりと麗しい笑顔で問いかけられ、たちまち返事に窮してしまう。何一つ反論できないのは、冬真自身が一番よくわかっていた。付き合って一年たつというのに、まだまだ葵の魅力にはやられっ放しだ。しかし、それで相手を怒らせたのでは本末転倒だった。

「ところでよ、何か用事があったんじゃねぇのか？　蓜島サンが自らお出ましになる時は、大抵がろくでもない展開が待ってるしな。時間も惜しいし、さっさと言えよ」

「矢吹くん、君も麻績くんとは別の意味でバカだ。上司に向かって、何を偉そうに言ってるんだ。もう少し、社会人としての常識を身に付けた方がいいね」

「はぁ？　部下に向かって、バカバカ連発してるような奴に言われたかねぇよ」

「言われたくなければ、賢くなればいい。真実なんだから仕方がない」

「あんだと？　色ボケな麻績はともかく、何で俺までとばっちり受けなきゃなんねぇんだよ」

ドサクサ紛れに「色ボケ」とまで評され、冬真はもう口を挟む気力もない。結局、この二人は言い合いをしたいだけなのだ。

これ以上この場にいても虚しくなりそうだと、冬真はそっと席を外すことにした。矢吹たちは嫌みの応酬に余念がないので、これ幸いとばかりに一課を出る。

「あの二人、仲がいいんだか悪いんだか……」

廊下でやれやれと嘆息し、先ほどの蔀島のセリフを思い出す。

「まぁ……確かにバカ……だよな……」

葵の怒りを解く前に張り込みに入り、それきり連絡をしそびれたままだ。事件が解決して時間がやっとできたのだから、一刻も早く彼の元へ駆けつけるべきだろう。頭ではわかっているのになかなか行動に移すことができないのは、何となく嫌な予感がするからだった。

見合い、というのは非常にデリケートな問題だ。

そこに付随するのは『結婚』であり、その先にあるのは『家族』の誕生だ。同性の葵とは望めない未来であり、自分もまた彼に与えることのできないものだった。

「俺はとっくに覚悟を決めてるけど……葵は生真面目だからなぁ……」

単なる喧嘩《けんか》で終わればいいが、今回の件が呼び水となって葵が将来を悲観しないとも限らない。紆余曲折《うよきょくせつ》を経て、彼は冬真と一緒に生きると誓ってくれたが、現実を突きつけられれば心だって揺れるだろう。思い詰めた挙句、自分では冬真に家族を持たせてあげられない、と言い出してもおかしくはない。葵は、そういう奴なのだ。

「さてと、どう切り出したら上手《うま》く運ぶかな」

思案しながら、冬真は歩き出した。

自分の心には微塵《みじん》も不安を抱いていなかったので、葵のことだけを考える。

あの頑固で綺麗な生き物と、一日でも多く人生を共に過ごすために。

2

陽と木陰は同じ中学の三年に在籍しているが、クラスは違う。放課後になるとB組の陽がA組の木陰を迎えに来るのだが、実のところ最近では木陰がいないことも多かった。

「ありゃ、またかぁ」

無人の席を見て、陽は思わず声を漏らす。どうせ神社に帰れば顔を突き合わせるし、毎日一緒に帰る義務はないのだが、『いない理由』が問題だ。

「おい、咲坂！　おまえ、さっきは何で逃げたんだよ！」

「え？　わ、わわわっ」

突然、背後から乱暴に肩を摑《つか》まれて陽は大きくバランスを崩した。お蔭で危うく転倒しかけ、そのまま手の主の身体《からだ》に凭《もた》れこんでしまう。陽よりずっと長身の相手は難なく抱き止めると、慌てたように「ごめん」と謝った。

「悪かった。俺、転ばせるつもりじゃなかったんだ。ただ、おまえが……」

「違うから」

「え……」

「悪いけど、僕は陽。木陰じゃないよ、宮本信弥《みやもとしんや》くん」

腕の中から相手を見上げ、軽く眉《まゆ》をひそめてねめつける。宮本と呼ばれた生徒はたちまち顔を朱に染めると、急いで陽から両手を離した。

「まったくもう。いい加減に、好きな相手くらい見分けなよ。愛が足らないね、愛が」

「す、好きな相手って、おい」

「だって、宮本くんって木陰のことが好きなんでしょ？　僕の記憶が確かならば、堂々と本人に告白をしていたんじゃなかったっけ？」

「そ……それは……」

宮本は狼狽して口ごもるが、否定をする気はないらしい。潔いことだ、と少しだけ見直した陽は、偉そうに腕を組んでしばし彼を観察した。ごく最近、宮本と自分のよく知る人物が似ている、との証言を得て心密《ひそ》かに穏やかではないからだ。

（う～ん、まぁ似ていると言えば……似てなくもない……）

どっちなんだ、と自分でも思うが、目の前の彼と兄の恋人——麻績冬真の接点と言えば、どちらも男前で背が高い、くらいしか見当たらない。けれど、醸し出す雰囲気はどことなく冬真の「人生負け知らず」感を彷彿《ほうふつ》とさせるし、またそれを嫌みに感じさせないところも似ているかもしれない、と思った。

（宮本くんが転校してきた時、女子はけっこう騒いでたもんな。大人っぽくてカッコいいと

か、スペック高そうなのに意外と気さくで優しいとか）

陽も噂《うわさ》でしか知らないが、実家は開業医で本人はバスケが得意なんだという。なんでも転入して入部早々レギュラー入りして、大活躍しているらしい。

（でもさ、そこまで条件揃ってるなら何で都立の中学とかきてんだろ。普通、私立コースだよな。もしかして、お受験失敗とか？　いや、成績もそこそこいいって話だっけ……）

一方、先刻から脳内で比較している冬真は帰国子女だ。有名私立大を出て一流商社へ就職し、二年後に刑事へ転職した変わり種。その腹違いの妹である冬美が、宮本と知り合いなのだ。自他共に認めるブラコンの彼女は、陽と木陰が同じ中学だと知るとはにかみながら「彼、ちょっとお兄ちゃんに似ているでしょ」と言ったのだった。

「おい、何なんだよ。さっきから人の顔、無言でジロジロ見て」

不躾《ぶしつけ》な視線に居たたまれなくなったのか、宮本が憮然《ぶぜん》と抗議する。だが、陽はまったく意に介さず、「あのさ」と詰め寄った。

「宮本くんって、男しか愛せない人？」

「え……」

「だって、木陰は男の子だよ。そりゃあ、たまに巫女《みこ》の恰好《かっこう》をしたりもするけど、あれはあくまで家業の手伝いみたいなもんだからね。学校では、ごく普通の男子でしょ？」

「ま、まぁな」

「じゃあ、何で木陰のこと好きになっちゃったのさ」

「知るかよ、そんなの！」

畳み掛けるような質問に、とうとう宮本が声を荒げる。逆ギレだ、と心の中で呟き、しかし陽はまったく怯《ひる》まなかった。事は自分の分身に関する問題だし、もっとぶっちゃければ単純に興味があったのだ。

「俺は……その……男が好きとか、そういうのわかんねぇけど……」

「うんうん」

「でも、あいつは可愛いよ。可愛いと思っちゃったんだよ。巫女がどうとかは関係ない。第一、俺はおまえらの巫女姿なんて見たことないし」

「あ、そうだっけ？」

「皆が話しているのを、小耳に挟んだだけだ。おまえら、巫女姿の画像とかアップするのも禁止なんだろ。前に、それが原因で頭の変な奴に誘拐されたからって」

「恐るべし。もう、そんなことまで知ってるんだ。うん、だけど誘拐されたのは木陰だけなんだ。巫女萌えのおかしな人がいてさ、あの時は僕も生きた心地がしなかったよ」

「だから、俺はあいつに言ったんだ。女装巫女なんて真似はよせって。危ないだろ！」

「………」

訴える声に自然と熱が入り、陽は内心びっくりする。木陰の話によれば、ある日突然言い掛かりのように「変態」呼ばわりされて、そんな恰好をするのはよせ、と頭ごなしに命令された、と聞いていたからだ。

でも、どうやら宮本の本心は別のところにあったらしい。不器用な彼は、木陰の身を案じていると素直に態度に出せなかっただけなのだ。

「いや〜……何つうか……」

「何がだよ」

「宮本くん、あんまり面白みのない男前かと思ってたけど、いいキャラしてるじゃん。僕、俄然《がぜん》好感度上がっちゃったな。木陰も逃げ回ってないで、ちゃんと君と話してみればいいのにね。そうしたら、少しは反応も違ってくるかもよ」

「え……」

応援するような気持ちで軽く言うと、たちまち宮本が赤くなった。彼は慌てて陽から顔を背け、横顔のまま小さく口の中で「……なんか」と呟く。

「咲坂と同じ顔で言われると、ちょっと混乱する。まさか、おまえ弟の振りしてるんじゃないよな？　正真正銘、Ｂ組の咲坂陽だよな？」

「あのねぇ、幾らなんでもそこまでヒマじゃないよ、僕たちは。ほら見て。僕の目元には、ホクロがないでしょ？　左目の下、ちゃんと見て！」

「……うん、ない」

強引に顔を近づけると、渋々目線を移した宮本が消え入りそうな声で頷《うなず》いた。だが、片想いの相手とまるきり同じ顔に迫られているだけに、平常心を保つのが大変そうだ。動揺しているのは一目瞭然《りょうぜん》で、虚《うつ》ろに泳ぐ目と弱り切った表情に陽は満更でもない気分になった。

「ふぅん、成程ね。宮本くん、本当に木陰が好きなんだ」

「うるせぇな、放っておけよ」

「個人的接点が何もなかったのに、何でだろうね？　これが、いわゆる一目惚《ぼ》れってヤツなのかな。でも、男に一目惚れするんだから、宮本くんはやっぱり同性愛の人なのかも」

「そ……うなのかな……」

陽の言葉に巧みに誘導される様子を見て、少し気の毒になってくる。実際、彼の性的指向がどうなのかは陽にだってわかりはしなかった。自慢じゃないが自分と木陰は男の子にしては可愛い顔をしているし、巫女に化けた時は美少女と持て囃《はや》されている。要するに、まだ中性的な部分が色濃く残っているのだ。何かの弾みで宮本がくらりときても、そんなに突拍子もないことではないかもしれない。

「とにかく、今のままってわけにはいかないよね」

再び腕組みをして、陽は思案した。

「僕だって、放課後に木陰からすっぽかされるの嫌だし。あいつも往生際が悪いよな。宮本くんみたいなカッコいい奴にこんなに好かれてるんだから、チューくらいさせてやればいいのにさ。そしたら気が済んで、追いかけ回さないかもしれないのに」

「おい、おまえ頭の中身が漏れてるぞ」

「え？　あ、ごめん。でも、宮本くんだってそう思うでしょ？」

「思わねぇよ！　何だよ、チューくらいって！」

「したくないの？」

無邪気に問い返すと、「う……」と詰まる。面白いなぁ、と陽は感心し、これは自分がひと肌脱いでやるべきではないかと余計なことを考え始めた。

（それに、万が一木陰と宮本くんがくっついたら、冬美ちゃんはめでたく僕のものじゃん。少なくとも、自分と同じ顔の奴に奪われる可能性はなくなるわけだし）

冬美が好意を寄せていると知った時は何とかして宮本を排除せねばと思っていたが、二人はかつてピアノ教室で一緒だっただけで現在は特別な付き合いはないそうだ。それなら、むしろ脅威なのは宮本ではなく、やはり木陰ということになる。

（結論を出すのは、大人になってからでも遅くない。でも、もしかして今はチャンスかも。男同士だから不毛な付き合いだなんて、葵兄さんとハンサム刑事を見ていたら絶対そんなことはないんだし。むしろ、あの二人のラブラブ度は異常。とすれば……）

ふふふ、と陽は腹の中でほくそ笑んだ。無論、本気で木陰を疎んじているわけではないが、とにかく面白そうではないか。少し前までは兄カップルに茶々を入れたりして楽しんでいたが、今は冬真のお見合い話が原因で雰囲気がぎこちなくなっている。そのため、迂闊《うかつ》に揶揄《やゆ》できるような感じではなくなっていた。

（大体、僕に何も言わないで先に帰るとかさ、木陰もちょっと変なんだよ。今まで、何でも話してくれてたのに。ちゃんと相談してくれれば、僕だって宮本くんの魔手から逃れる手段を考えてあげたのにさぁ）

とどのつまり、陽の本音はそこだった。

木陰が、自分だけの世界を作ったようで癪《しゃく》に障ったのだ。

「ね、宮本くん。明日の土曜日、ヒマかな？」

「え……」

「もし良かったら、ちょっと僕に付き合ってほしいんだ。木陰のこともあるし、僕と仲良くしておくのは悪いことじゃないと思うよ？」

「おまえ……」

唐突に愛想がよくなった陽に、宮本は警戒心をあからさまにする。しかし、にっこり微笑《ほほえ》まれるとやはり弱いのか、渋々と「……わかったよ」と承知したのだった。

葵に連絡を入れるのは一週間ぶり、顔を合わせるのは半月ぶり程になる。

そのせいか、彼の実家でもある高清水神社へ向かう間も、冬真は緊張しっぱなしだった。

「張り込みで連絡できなくなるって、言っておかなかったもんなぁ」

わかっている。事前にメールで話しておきさえすれば、こんなに気まずい思いはしないで済んだ。今更悔いても仕方ないが、しかし、あの時は冬真も捜査に参加したばかりで気持ちに余裕がなかったのだ。葵は見合い話でショックを受けていたし、もし彼からの返信が素っ気ないものだったら、と思うと、憂鬱でついメールをしそびれてしまった。

「やっぱ、まだまだ仕事との両立は難しいな……」

太いしめ縄のかかった石造りの鳥居を見上げ、久しぶりだと嘆息する。左右には阿吽《あうん》の狛犬《こまいぬ》が鎮座して、相変わらず凄《すさ》まじい形相で参拝客を見張っていた。

『これは、別に参拝客を脅しているわけじゃない。神域に魔物が入り込まないよう、入り口で睨みを利かせているんだ。邪気を祓《はら》うと言われているんだぞ』

耳元で、凛《りん》とした葵の声が蘇《よみがえ》る。狛犬が苦手だ、と冬真が漏らした途端、たちまち説教が始まったのだ。懐かしいな、と笑みが浮かび、そういえば彼と初めて出会った日、自分はここで煙草に火を点《つ》けたんだった、と思い出した。

『あー生き返る』

深々と煙を肺まで吸い込み、銜え煙草で参道を歩いた。今なら非常識な振る舞いだとわかるが、当時はそんなこと考えもしなかったのだ。だから、地味な白衣姿の禰宜に頭ごなしに注意された時、反省するより先に反発した。

「まったく……いい年してガキだったよなぁ」

参道の左端を歩いていくと、やがて急こう配の石段と朱塗りの鳥居が見えてくる。その先にあるのが境内と拝殿で、初詣《はつもう》での日などはこの辺りまでずっと行列になると聞いた。三ヶ日は客に甘酒とお神酒《みき》が振る舞われ、それが目当ての者も多いらしい。

「うん、確かにあれは美味《うま》かった」

ゆっくりと階段を登りながら、冬真は年越しの夜に思いを馳せた。いや、年越しだけではない。葵と初めてデートした夏の日差し、人気《ひとけ》の消えた境内で寄り添った春の夕暮れ。彼と過ごしたあらゆる場面が次々と浮かんでは、惜しむ間もなく消えていく。葵と出会ってからまだ一年しかたっていないのに、一生分の思い出を追想しているようだ。まるで、それ以前の人生とはまったく違う道を歩んでいるかのように。

「ある意味、そうだよなぁ。男と恋愛している自分なんて、想像してなかったし。でも」

最後の一段を上がる際、少しだけ苦い響きが声に滲《にじ》んだ。

「変わらないものも……あるけどな」

「あ、お兄ちゃん」

「え……冬美？」

聞き覚えのある声に、心臓がドキリと音をたてた。たった今、自身の中で唯一「変わらない」と評したもの、その存在が目の前にいたからだ。

「おまえ、どうしてここに。お義母《かあ》さんと一緒なのか？」

「そうじゃないの。木陰くんが連れてきてくれたの」

「木陰が？　どうして？」

電動式の車椅子で近づいてくる冬美に、戸惑いながら問いかける。そう、どんなに夢中で恋をしようと、どれだけ熱心に捜査に向かおうと、それとは関係ない部分で冬真には凍りついたまま溶けない感情がある。

冬美の足だ。

非情な犯罪に巻き込まれ、脊椎をナイフで傷つけられて半身不随になった、まだ十四歳の妹の運命。彼女の味わった苦痛や絶望を思うたび、やり場のない怒りと理不尽な思いが冬真の胸を独占する。

「あのね、この間のこと……謝らなくちゃって」

「この間のこと？」

「お兄ちゃんにお見合いの話があったこと、誰にも内緒だったんでしょう？　私がうっかり葵さんに話しちゃったせいで、何だか空気が悪くなっちゃったから……ごめんなさい」

「バ、バカだな。そんなこと気にするなって」

「ほんと？」

一度頭を下げてから、冬美がおずおずとこちらを見上げた。可憐《かれん》な黒目が不安に揺れ、果実のような唇が遠慮がちに開かれる。

「今ね、葵さんにも謝っていたところなの。葵さんね、自分はお兄ちゃんの友達なのに、そんな大事なことを黙っているなんて水臭いって思ったんだって。でも、別に喧嘩してないし気にしないでいいよって言ってくれたの」

「葵が……」

「本当に良かった。お兄ちゃんと葵さん、すごく仲がいいもんね。私のせいで喧嘩したらどうしようって、あれからずっと心配してたの。でも、どうしても勇気が出なくて……」

「おまえ、気にしてたのか？　もう一週間以上になるぞ？」

「……うん」

ひどく頼りない様子で、冬美がコクリと頷いた。仕事と葵のことで頭がいっぱいで、大事な妹へのフォローが足らなかったことを冬真は深く反省する。あからさまな口喧嘩をしたわけではなかったので、まさかそこまで気に病んでいるとは思わなかった。

冬真は右手を伸ばし、冬美の小さな頭にそっと手のひらを乗せる。ぽっと頬《ほお》を赤く染め、微《かす》かに緊張したのか彼女はぎゅっと身を固くした。

「ありがとうな、冬美。それで、ごめんな」

「どうして謝るの？」

「おまえは何も悪くないからだよ。ていうか、今回のことは誰も悪くない。確かに見合いの話はあったけど、その場で断って会ってもいないんだし、葵も過剰反応したことを気まずく思っているさ。あいつは、何かにつけて自分を責める良くない癖があるからな」

よしよし、と何度か優しく撫《な》でながら、湧き起こる愛《いと》しさに冬真は微笑む。冬美の母は後妻なので半分しか血は繋がってないが、そんなことはまったく関係なかった。自分にとっては大事な妹だし、彼女の事件がきっかけで冬真は刑事になったのだ。葵を別にすれば、この世の誰よりも幸せになってほしい存在だった。

――と。

「こら！　いい加減にしないと、本当に怒るぞ！　ここをどこだと思っているんだ！」

突然、境内に涼やかな声が響き渡る。怒鳴ってはいても、清廉な音色には少しの濁りもなく、聞いているだけで背筋がピンと伸びそうだ。

「葵さん、やっぱり怒っちゃった……」

「え？」

あ～あ、と言うように溜め息をつき、冬美は困った顔で眉根を寄せた。

「お兄ちゃんが来る前から、木陰くんと陽くんが喧嘩してたの。最初は軽い言い合いだったんだけど、葵さんが怒鳴ってることはずっと険悪なままみたい」

「へぇ、あいつらでも喧嘩するんだなぁ。さすが双子ってくらい一心同体で、息だっていつもぴったり合ってるだろ。あ、もしかして……原因はおまえか、冬美」

「………」

図星だったのは、浮かない表情を見ればすぐにわかる。仕方ないな、と冬真は一旦《いったん》車椅子から離れ、冬美に勝手にどこかへ行かないようにと言い含めて歩き出した。

高清水神社は、建立されてから千年近くたつと聞いている。樹齢数百年の御神木の楠《くすのき》も、三代目くらいになるそうだ。その横を通り過ぎて社務所の方へ向かうと、案の定、夏の制服姿の双子が葵の前で喧々《けんけん》と言い合っている場面に出くわした。

「だから、ズルいのは木陰なんだって。僕に黙って冬美ちゃんのところへ行ったりしてさ」

「しつこいなぁ、陽は。わざとじゃないって、そう言ってるじゃん」

「だったら、何で僕に何も言わないわけ？　大体、先に帰るなら携帯に連絡くれればいいじゃんか。毎回、Ａ組まで無駄足運ばせてさ。おまえ、宮本くんにだって失礼だろ！」

「は？　何で、宮本くんの名前が出てくんの。ていうか、陽はいつから宮本くんの肩を持つようになったんだよ。僕がどんだけ迷惑してるか、よく知ってるくせに！」

「木陰！　陽！　兄さんの言うことが聞けないのか！」

「だって！」

葵の一喝に、二人がサラウンドで言い返す。

「悪いのは、あっちじゃん！」

「…………」

悪ノリしてふざけるのはしょっちゅうだが、敬愛する兄に怒鳴りつけられても引き下がらないのは相当だ。本当に珍しいな、と冬真も少なからず驚き、彼らに声をかけていいものかどうかしばし迷った。

「おまえたち、冬美ちゃんが来ているのに恥ずかしくないのか？」

心底呆れ返った溜め息をつき、次いで葵は語気を和らげて話し出す。足音で冬真には気づいたようだが、今はそれどころではないのだろう。

「陽、出し抜かれたと怒るのはわかる。その点は、木陰の配慮が足らなかったな。だが、木陰も冬美ちゃんを独占したくて会いに行ったわけではないんだ。それはわかるだろう？」

「わかるけど……」

「よし、良い子だな。木陰、おまえが単独行動したのは俺が塞いだ顔をしていたせいだ。冬美ちゃんも気にしていたようだし、改めてお互いに話し合えば気詰まりも解消されると考えたんだな？」

「……うん。だって、冬美ちゃんも葵兄さんも悪くないんだし」

「そうか、ありがとう。おまえも良い子だ。だったら、冬美ちゃんとはもう話したし、あの件はこれでお終《しま》いだ。おまえたちがいがみ合う理由もない。そうだな？」

冷静に諭されて、二人は渋々と首を縦に振った。まだ釈然としないのか互いに目を合わせようとはしなかったが、ひとまず一件落着だ。さすがは未来の神主だと感心していたら、やはり心配だったのか冬美がそっと後ろにやってきた。

「仲直りしたみたい……？」

小さく声を落として尋ねる彼女に、冬真は「ああ」と笑顔で答える。だが、安堵《あんど》したのも束の間、陽がボソリと口の中で「……迷惑なんか、かけてないだろ」と呟くのが聞こえた。それは葵の耳へも届いたようで、彼は怪訝そうに陽へ問いかける。

「陽……？　どうした、まだ何か言いたいことがあるのか？」

「あるよ！　宮本くんは、迷惑なんかかけてないじゃないか。ただ、木陰が好きだって言ってるだけでさ！　それなのに、木陰の態度はちょっとひどいよ！」

「え……？」

「僕、宮本くんに同情する！　木陰は一方的にコクられて逃げ回ってるけどさ、一度くらいちゃんと話を聞いてあげればいいのに。葵兄さんとハンサム刑事のことはあんなに応援してるくせに、どうして自分は男じゃダメなんだよ！」

「そっ、そんなの陽には関係ないだろっ」

何を言い出すんだ、と真っ赤になり、木陰は懸命に相手を黙らせようとした。しかし陽は気が収まらないらしく、「そうだよね、葵兄さん？」といきなり無茶ブリをする。

「え、そ、そうって……？」

「もう、僕の話を聞いてた？　木陰がね、同級生の男の子に好きだってコクられたんだってば！　そいつが宮本くんって言って、ちょっとハンサム刑事に似た男前で……」

「陽、やめろよっ」

「だけど、宮本くんって話すと普通にいい奴なんだよ。それなのに、木陰は頭から相手にしようとしなくて、最近は放課後に話しかけられるのが嫌で勝手に帰っちゃったりするんだ。お蔭で、今日は僕が間違えられて……」

「何だよ、それ。陽、そんなこと僕に言わなかったよね？」

「あったりまえだろ。木陰、冬美ちゃんと一緒にデレデレ帰ってきたじゃないか」

一度は静まったかに思えたのに、双子は再びわあわあと言い合いを始めた。しかし、内容があまりにも衝撃的だったため、今度は葵も唖然《あぜん》としたまま口を挟めない。事態を整理しようにも、脳が受け入れを拒否してしまっているかのようだ。

「葵……」

これは、いよいよ第三者の自分の出番だろうか。恐らく、この場で最も冷静な人間だと自覚する冬真は、まずは葵へ声をかけようとした。気配に白衣の肩がびくりと反応し、葵がすぐさま救いを求める目でこちらを振り返る。

だが、冬真が口を開くより前に震える声が背後から耳に入った。

「宮本くんが……嘘……」

「冬美……？」

今にも消え入りそうな呟きは、信じ難い思いに満ちている。冬美は車椅子の上で蒼白《そうはく》になり、黒糖のような瞳にはみるみる涙が溜まり出した。

「お、おい、冬美。どうした？　具合でも悪いのか？」

「宮本くんが、木陰くんを好きだって……今、陽くんが言ってた……」

「あ……」

「ねぇ、お兄ちゃん。私の聞き間違いじゃないよね？　木陰くんは宮本くんに告白されて、それで逃げ回って私のところへ来たって。そう言ってたよね？」

「い、いや、待て！　あいつら、喧嘩してるんだぞ？　勢いで適当なこと言ったに決まってるじゃないか。な、なぁ、葵。そうだろう？」

「え……」

「葵～」

ダメだ。葵も完全に思考停止している。

普段の凛々《りり》しい表情も意志の強さを宿した瞳も、今は別人のように精彩を欠いていた。仕方なく冬真は双子へ矛先を移したが、彼らも冬美を泣かせた事実に狼狽しきりの様子だ。二人とも痛々しいほど真っ青になり、どちらも絶句したまま立ち尽くしている。

ああもう、と頭を抱えたくなった時、冬美がまた呟いた。

「……おかしいよ……」

「冬美……」

「宮本くん、どうかしちゃったんだ。だって、木陰くんは男の子だよ？　巫女さんの恰好をするのはお家のお手伝いだからで、いつもは普通の男の子なんでしょう？」

涙目で訴えられ、その場の全員が反射的に「もちろん」と頷いた。けれど、冬美の気持ちはそれだけで納得はしない。当然かもしれないが、彼女にとっては「同性を好きになる」という現象そのものが理解の範疇《はんちゅう》を越えているのだ。

「どうして……？　宮本くん、すごくカッコいいんだよ。それに、とても優しいし。ピアノ教室で頭の変な人がナイフで暴れた時も、私を庇《かば》ってくれたんだから」

「そうなのか……？」

初めて聞く話に、思わず冬真の顔色が変わる。それならば、宮本という少年は冬美の命の恩人だ。刺されて障害は残ったが、中には命を落とした生徒も数名いたのだ。

「本当だよ。その時、宮本くんだって腕を刺されたんだもん。それで一瞬、私から手が離れちゃって……後から入院している病院に来て、泣きながら謝ってくれたの。宮本くん、ちっとも悪くなかったのに。自分だって腕を怪我《けが》したせいで、ミニバスの試合に出られなかったんだよ。中学受験の勉強に入るから、辞める前の最後の試合だったのに」

「…………」

「私、すっごく怖かったの。お父さん、お母さん、お兄ちゃんって何度も思った。助けてって何度も叫んだよ。でも、宮本くんがいたから大丈夫だった。痛くてわけわかんなくて頭がぐるぐるしたけど、宮本くんがずっと〝咲坂！〟って呼んでいてくれたから頑張れた。それなのに、どうして宮本くんが木陰くんを好きになっちゃうの……？」

二つの大きな瞳は、次々と溢れる涙でいっぱいだった。

誰も何も言えず、かける言葉さえ浮かばない。それは冬真も同じで、ただ妹の頭を優しく抱えてやることしかできなかった。

「とりあえず、帰ろうか。な、冬美？」

小さく耳元で囁《ささや》くと、泣きながら冬美が「うん」と答える。とにかく、今は彼女を落ち着かせるのが先決だった。冬真は顔を上げ、強張った表情の葵へ目で語りかける。久しぶりの逢瀬《おうせ》だったが、甘い気分になるどころではなかった。

「あの……あの、冬美ちゃん……」

冬美が電動式の車椅子を回転させ、冬真と連れだって去ろうとした時、その背中へ弾《はじ》かれたように木陰と陽が声をかける。二人は同時に一歩踏み出し、それに気づくと気まずげに互いへ視線を送った。結局、きっかけを作ってしまった陽が先に口を開く。

「あのね、僕……」

——けれど、そこまでだった。

陽は何を言っていいのかわからなくなり、虚しく口ごもるばかりだ。今更「あれはデタラメだった」なんて苦しい嘘もつけないし、第一冬美の背中は全てを拒否している。

「えと……」

「陽、悪いな。今日のところは勘弁してくれ。冬美も、まだ混乱してるみたいだから」

やんわりと取り成して、冬真は控えめに彼らへ微笑みかけた。葵がこちらの心情を察し、双子の肩を抱いてそっと引き戻す。ありがとう、と目で礼を言い、複雑な思いを抱いたまま境内を後にした。

3

その夜、実家からマンションへ戻った冬真は葵からの電話を受けた。見計らったかのようなタイミングに苦笑し、ちらりと時計を見る。毎朝六時起きの彼にしては夜更かしな、そろそろ日付が変わろうかという時刻だった。

『夜分にすまないな、麻績。疲れているなら、後日改めるが』

「いや、大丈夫。そっちこそ、寝なくて大丈夫か？　双子はどうしてる？」

『落ち込んでいる』

簡潔な答えを聞き、そりゃそうだよな、と嘆息する。あれから冬美の方もすっかり塞ぎ込んで部屋に閉じこもってしまい、冬真もなかなか帰れなかったのだ。心配する両親に理由を言うわけにもいかず、ごまかすのにも相当な苦労を強いられた。

「葵、おまえは？　おまえは、大丈夫なのか？」

携帯電話の音声をスピーカーにし、着替えながら冬真は尋ねる。本当なら、もっと自分たちのことについて話せるはずだったのだが、今は後回しにするしかなさそうだ。

『ああ。俺のことは心配するな。それより、本当に今日は申し訳なかった。俺が、あの子たちを早くに仲直りさせていれば良かったんだが……』

「いや、あの場合はしょうがないだろ。それに、宮本くんって子が木陰を好きなのは事実なんだろう？　それなら、黙っていてもいつかはバレることだし。彼、陽の口ぶりだとずいぶん堂々と木陰に迫っているようだしな。しかし、今どきの中学生ってのはオープンだなぁ。同性のクラスメイトを好きになったからって、あっさり告白しないだろ、普通は」

『そうだな。俺も驚いている。木陰も俺たちの時はさんざん煽《あお》っていたが、さすがに自分の問題となると混乱しているようだ。だが、とにかく今は冬美ちゃんを傷つけたことに二人ともショックを受けてしまって、他の話をする余裕はない感じだな』

「仲直りはできたのか？」

『それは問題ない。陽が謝ったので、すぐ和解したよ。木陰も、抜け駆けのような真似をしたと反省していた。夕ご飯の後はすぐ自室へこもっていたから、二人してこれからどうするか相談でもしていたんだろうと思う』

「そうか……」

部屋着になった冬真はベッドに腰を下ろし、もどかしい思いで携帯電話を見つめた。

今日のことで、見合いから始まった一連の気まずさはどこかへ消し飛んでしまったが、やはり声を聞けば顔が見たくなる。そんな場合ではないと思いながらも、やっと会いに行けたのに、という恨めしい気持ちがどんどん大きくなるのを止められないのだ。

しかし、冬美の泣き顔を思い出すとやはり能天気に「会いたい」とは言えなかった。彼女は、憧《あこが》れていた男の子が同性に恋をした、という事実に打ちのめされている。この上、慕っている兄までが同じだと知ったらどうなるかわからなかったし、バレたりはしないまでも、気持ちに後ろめたさがまったくないと言ったら嘘だった。

『麻績、あの……』

「あ……悪い。考え事していた。どうした、葵？」

何か言い出しあぐねているのか、葵にしては妙に歯切れが悪い。できるだけ柔らかな声音を心がけながら、冬真はスピーカーを切って携帯電話を耳に当てた。

「何かあるなら、遠慮しないで言えよ？ 今日は、ろくに話もできなかったからな」

『いや、その……言いそびれていたんだが、この前はすまなかったな。実際に見合いをしたわけでもないのに、俺の方がおかしな態度を取ってしまって……』

「そんなの、気にするなって。俺こそ、ずっと連絡しなくてごめんな。あれからすぐ張り込みの仕事に矢吹さんと就いたんだけど、それがちょっとハードだったもんで余裕なくて。おまえが気に病んでいるの、何となくわかっていたのにな」

『いいんだ、麻績』

そこだけはいつもと同じく、きっぱりと葵は言い切る。

『確かに連絡がなくて不安にはなったが、考えてみればそれもこれも俺自身の問題なんだ。

麻績が電話をくれたり、言葉を尽くして不安を取り除こうとしてくれたとしても、俺が自分で乗り越えない限りはどうしようもない。それが、よくわかった』

「葵……」

思いがけない言葉を聞いて、一体どうしたのか、と冬真は戸惑った。ぎこちない空気を解消する間もなく夕方にはあんな騒ぎがあって、さぞや元気を無くしているだろうと心配していたのに、むしろ以前より前向きな姿勢を感じる。

ああ、でもそうだった……冬真は、しみじみと胸の中で呟いた。

咲坂葵は、そういう男なのだ。頑固で融通が利かなくて、時に驚くほど純粋で。けれど、彼の一番の魅力はしなやかな精神だ。譲らない芯《しん》を持ちながら、意識は常に更なる成長を遂げている。そこに気づくと、依怙地《いこじ》に感じた部分が難攻不落の岩ではなく、いかようにも形を変える粘土なのだと発見する。

そうして、彼に何度でも恋をする。

性別も常識も世間体も、葵を手に入れるためなら何の障害にもならない。そう、心の底から断言できる。冬真は改めてその想いを噛《か》み締め、電話越しの葵へ想いを馳せた。

「泣いている冬美を考えると、甚《はなは》だ不謹慎だけど……」

『え？』

「今すぐ、葵を抱き締めたい。やっぱり、それが俺の正直な気持ちだ」

『………』

「葵？　どうした？」

　こんな時に、と引かれてしまっただろうか。不意に訪れる沈黙に、冬真は少しだけ狼狽する。だが、同時に耳へ流れ込んできた気配に（あれ？）と思った。沈黙に混じって、車の行き交う微かな音がしたからだ。葵の家は神社の敷地内にあり、鎮守の杜《もり》に囲まれている場所だからもちろん聞こえるはずもない。

「おまえ、もしかして……外なのか？」

　俄《にわ》かに緊張し、問い詰めた。まさか、と思いながらも淡い期待が湧き起こる。

「なぁ、葵。今どこに……」

『言えない』

「は？　どういう意味だよ。何で言えないんだ？」

『……だから』

「何がだよ？　頼む、もう少し大きな声で……」

　夜中の往来なので人目を気にしているのか、葵の返事はどんどん小さくなっていった。じれったさに冬真は立ち上がり、居ても立ってもいられず室内を歩き回る。そのまま窓際に近づいて何気なく下を見下ろすと、ありえない光景が目に飛び込んできた。

「葵……――」

冬真の部屋は六階だ。決して、見間違える距離ではない。外灯の下に立つ青年が、しまった、というように身じろいだ。けれど、視線はもう外せない。絡み合ったまま互いに言葉もなく見つめ合い、電話を通じてひそやかな呼吸が聞こえて来るだけだ。

『あの……』

やがて、観念したのか葵が先に口を開いた。

『会いたくて……』

「待ってろ！」

弾かれたように冬真は駆け出し、部屋着も厭《いと》わず外へ飛び出した。一階のエレベーターを待っていられず、勢いよく非常階段を駆け下りる。心臓が痛いくらい胸を叩き、頬は高揚で熱く火照《ほて》っていた。まるで中学生にでも戻ったような気持ちで、ただひたすら好きな相手に向かって全速力で走る。自分の中に眠る混じり気のない感情がいっぺんに目覚めて、早く早くと急《せ》き立てた。

「麻績……」

「葵！」

叫ぶなり、きつく彼を抱き締める。誰が見ていようと構うものか、と思った。幸い周囲に人影はなかったが、もし公衆の面前だったとしても同じことをしただろう。

「ああもう、何やってんだよ、こんなところで。今日、俺、誕生日だっけ？　何かのサプライズか？　一体いつから……」

「麻績、痛い」

「ちょっと我慢してくれ。これくらい抱き締めないと、葵だって実感できない」

「………」

冬真の言葉に、肩越しで微笑む気配がした。ようやく現実だと実感し、安堵に深々と息を漏らす。ゆっくりと腕の力を緩めてみると、自分よりは細身だが、間違いなく女性の柔らかさとは違う身体がそこにあった。

でも、と葵の温《ぬく》もりにうっとりしながら冬真は胸で呟く。

世界で一番、この身体が好きだ。

「もういいのか？」

「良くないけど、とりあえず気が済んだ。くそ、葵の方が全然落ち着いてるな。俺、おまえが外にいるって気づいた時、心臓止まるかと思ったのに」

「相変わらず、大袈裟《おおげさ》な奴だ。こんなことで、いちいち死んでいたらキリがないぞ」

眼鏡の奥で笑う瞳が、冬真の心を鷲摑《わし》みにする。今、この瞬間に恋をしたといっても不思議ではないくらい、葵を好きだという気持ちに慣れることはできなかった。いつでも胸はときめくし、何度だって心が甘く押し潰されそうになる。

「ああ、俺は〝良い兄さん〟失格だな。冬美たちが、あんなに悩んでいるのに」

「麻績がそうなら、俺だって一緒だ。こうして、逢引《あいび》きみたいな真似をして」

額をコツンと合わせ、淡く葵が微笑んだ。冬真もつられて笑みを浮かべ、そのまま唇を近づける。人目を忍ぶ関係なので外で触れ合うのは避けていたが、そういえば初めてのキスは真昼間の住宅街だったっけ、と思い出した。

「……ん……」

柔らかな感触が重なり合い、吐息でたちまち濡《ぬ》れていく。冬真が舌を差し込むと、待っていたかのように葵のそれも絡みついてきた。

「ん……んぅ……」

喉《のど》が鳴り、扇情的な声が漏れる。吸いつく唇を丹念に味わい、冬真の胸は愛《いと》しさではちきれそうになった。互いの呼吸が一つに混じり、舌の上で甘く溶けていく。浅く深く口づけながら、葵を独占している喜びに全身が熱くなった。

「とう……ま……」

隙間から零《こぼ》れる掠《かす》れ気味な声が、次の口づけを妖《あや》しく誘う。どうして今まで離れていられたのだろうと、我ながら信じられない思いで彼をかき抱いた。

「葵……好きだよ」

「ああ」

俺も、と続ける代わりに、葵の方からもう一度唇を寄せてくる。最初の頃のぎこちなさを思えば、ずいぶん素直に好意を表現してくれるようになったな、と嬉しかった。

「本当なら、このまま部屋へ連れ込みたいところだけどなぁ」

「さすがに……それは……」

「わかってるって。大丈夫、我慢するよ。俺も、やっぱり冬美のことが心配だし」

ようやく情欲の熱が収まり、名残りを惜しみつつ葵を解放する。七月も真近とはいえ気候はまだ不安定なのに、葵はシンプルなシャツにパンツという軽装だった。もし、あのまま気づかずに長電話でもしていたら、風邪をひかせていたかもしれない。そう言って文句をつけたら、「おまえだって部屋着で飛び出してきただろう」と言い返された。

「別に、本当に会おうと思ったわけじゃないんだ。ただ、夕方にはろくな会話もできなかったし、俺自身もだいぶ混乱していて、何だか無性に麻績の顔が見たくなって。だけど、ちょうどここまで来た時、ふと見上げたらおまえの部屋に明かりがついたところだった。そうしたら、何だか訪ねづらくなって……」

「どうしてだよ?」

「……見計らったように現れたら、まるでストーカーみたいじゃないか」

「………」

それで、「言えない」だったのか。

あんまりバカバカしい理由のせいで、冬真は思いきり脱力してしまう。けれど、そのまま立ち去らずに電話をかけてきただけでも凄いことかもしれない。以前の葵なら、何も言わずに気後れして帰ってしまったかもしれないのだから。

「バカだな、葵」

それでも言わずにはいられなくて、冬真は悪態をつきながら笑った。葵もムッとした顔の直後で、すぐに穏やかな表情に戻る。淡い外灯に照らされた姿は輪郭もどこか曖昧《あいまい》で、まるで夢の中のようだと思った。

「俺さ、冬美にちゃんと話そうと思うんだ」

「え……？」

「宮本くんのことでショックを受けてるから、追い打ちをかけるような真似はしちゃいけない。そんな風に、ついさっきまで思ってた。正直、葵との仲を家族に公表するのは、これでだいぶ先になっちゃったな、とか考えていたんだ」

「麻績……」

「でも、葵とこうして触れ合う行為は絶対に〝おかしなこと〟じゃない。もし、冬美がそう思うなら悲しいけど、俺はあの子の兄だから、不誠実な嘘はつき続けられない」

「…………」

突然の決意だったが、微塵《みじん》も迷いはない。しかし、二人の問題である以上、自分だけで暴走はできなかった。できれば葵が同意してくれるようにと祈り、冬真は先を続けた。

「俺、葵が好きだって気持ちには、嘘をつかなきゃいけない理由が見当たらないんだ。冬美が宮本くんの想いに理解を示してくれるなら、後出しはしないで、俺たちのことも話しておきたい。もちろん、宮本くんも俺たちも〝嫌い〟の箱に入れられちまう可能性も大だけど」

「大丈夫だ、麻績」

「え？」

葵の右手が、そっと頬へ伸びてくる。

彼は慈しむように手のひらで包むと、静かに、凜とした声を夜気に響かせた。

「その時は、俺や弟たちも一緒だから。俺とあいつらを、まとめてもらってくれ」

「葵……」

「だけど、〝嫌い〟が増えるのは冬美ちゃんにとって決して幸せなことじゃない。そのためにも、俺たちは真摯《しんし》に彼女と向き合う責任がある。弟たちにも、そう言って家を出てきたんだ。二人とも、わかってくれたと思う」

「…………」

「愛してる、麻績。おまえと生きるのは、俺の生涯の望みだ。忘れないでくれ」

言葉が、何も出てこなかった。

冬美の事件があってから、溶けない氷が冬真の中にある。それは現実の幸福とは無関係な場所で、密かに存在を主張し続けていた。この世から理不尽な犯罪がなくならない限り、永遠に消えることのない氷だ——そう諦《あきら》めていた。

けれど、葵の想いがそこに触れた。今、そのことを冬真は確信する。

「ありがとう」

頬を包む葵の手に、自分の手を重ねて目を閉じた。

今夜、目にした光景、耳にした音。触れた温度。

それら全てを一生忘れない、そう心に誓った。


翌日の土曜日、再び高清水神社では朝からちょっとした騒ぎが起きていた。

「どういうことだよ、陽。何で、朝っぱらから宮本くんが来てるのさ」

「何でって、約束したからに決まってるじゃん。言っただろ、ちゃんと宮本くんと話せばって。そうでないと、いつまでたっても堂々巡りだよ。違う？」

「お節介！　僕、宮本くんと話すことなんてないし！」

昨日の再現のように、たちまち双子が境内で言い合いを始める。違うのは、二人とも巫女姿になっているところだ。今日は午前中に氏子の地鎮祭があり、神主の父が出向く予定なのだが、その手伝いを頼まれているためだ。通常、巫女はあまり必要のない儀式だが、双子巫女の評判は地元では有名なので、ぜひにと請われてのものだった。

「あのさ……どうでもいいけど、俺の目の前で喧嘩するのはやめてくんない？」

すっかり存在を忘れられた宮本が、半分呆れた様子で抗議する。しかし、残りの半分は初めて目《ま》の当たりにする巫女姿に心奪われているようだった。噂でしか知らなかったので、同級生が女装して巫女になる、なんてコスプレかイロモノのイメージしかなかったのだろう。

「ふふん、どう？　前に木陰が言った通りでしょ？　僕たち、めっちゃ可愛いと思わない？」

早速見咎《みとが》めた陽が、一時休戦して勝ち誇ったような顔をする。本来ならここで木陰も一緒になって「どうよどうよ」とはしゃぐところだが、彼は不機嫌そうに黙り込み、宮本をねめつけるだけだった。

「うん、そうだな。可愛いな」

木陰の視線をものともせず、宮本は屈託なく答える。実際、本当に可愛いと思っていた。白衣に赤い袴《はかま》の巫女装束に、肩まで切り揃えた漆黒のさらさら髪。中学三年の男子にしては二人とも小柄なので、華奢《きゃしゃ》な美少女と言われれば信じてしまいそうだ。

「それ、カツラなのか？　よく似合ってる」

「……どうも」

渋々と答える木陰は、どう見ても迷惑千万な顔つきだ。恐らく、心の中は陽への呪詛《じゅそ》で満ち満ちていることだろう。何しろ、宮本に一方的に好かれたお蔭で冬美を泣かせてしまったのだから。諸悪の根源とでも言うべき相手に、振り撒《ま》く愛想はないのだろう。

でも、と陽は思った。

木陰が彼らしく飄々《ひょうひょう》と立ち回り、相手を煙《けむ》に巻いたりからかったりしないのは、やっぱりどう考えても変なのだ。もし宮本のことを空気のようにしか思っていなかったら、ここまで露骨に避けたりはしないはずだった。

（脈ありかどうかはわかんないけど、〝どうでもよくない〟相手だよね、絶対）

陽だって、それが一足飛びに『恋』だとは思わない。木陰が、けっこう本気で冬美を好きなのも同志なのでちゃんと知っていた。それでも、あえて疑ってみたいのだ。

（あ〜あ。最初は、こんなつもりじゃなかったのになぁ）

好奇心が大半を占めていて、後は宮本への同情票だった。それが、昨日の冬美の言葉から微妙に変化している。陽自身、はっきり自覚はしていなかったが、もう少し二人にも真面目に話をしてもらいたい、と思った。そうでなければ、冬美の涙は無駄になってしまう。

（それに、葵兄さんにも言われたんだもんな。冬美ちゃんの〝嫌い〟を増やしちゃいけないよって。だったら、木陰はさっさと決着つけるべきなんだよ）

地鎮祭に出かけるまで、あと一時間はある。

それまでに何か進展があるといいんだけど、と陽は少し二人と距離を取りながら思った。

同じ頃、冬真は葵と一緒に都内の自宅へ赴いていた。『女子高生連続殺人事件』の捜査本部が解散し、大きな事件も起きていなかったので、これまでの分も含めて休みがもらえたのだ。昨日の今日ではあったが、義母に連絡したところ冬美はまだ元気がないと言うので、思い切って葵を伴って帰ることに決めた。

「本当は両親もいると話が早かったんだけど、生憎《あいにく》と俺たちが到着する少し前に出かけるんだと。冬美を一人にしたくなかったから、ちょうど良かったたって義母さんが言ってたよ」

「そ、そうか」

「あれ？　もしかして、葵、緊張してるのか？」

最寄《もよ》りの駅から実家までの道を歩きながら、ぎくしゃくとした返答に苦笑する。昨夜はあんなに大胆に愛の告白をしてくれたのに、一晩別れて今朝待ち合わせたら、もう見慣れたカタブツの青年に戻っていた。

「いや、いきなり両親も……とか言われると、さすがにな。うちの家族も、まだ弟たちしか知らないわけだし。ま、まぁ、今日は冬美ちゃんに会うのが一番の目的だから、とりあえずそちらを頑張ろうか。おい、麻績、何を笑っているんだ」

「ごめ……。葵、右手と右足が一緒に動いてる」

「えっ！」

無意識だったのか、冬真の指摘にパッと葵が赤くなる。その変化があまりに可愛かったので、爆笑すると同時に自然と肩から力が抜けていった。冬真にしても、突然の葵を連れての帰宅は勇気のいることだったし、思い付きで彼を誘ってからも内心では勇み足だったかと不安に思っていたのだ。そんなあれこれが、一瞬で吹き飛んだ。

「おまえ、そんなに笑うな！　失礼な奴だな！」

「まぁまぁ、そう怒るなって。でも、本当に今日は大丈夫だったのか？　神社が休みなわけじゃないんだろう？」

「ああ。神職に定休日はないからな。今日は午前中に地鎮祭があって父の補佐をする予定でいたんだが、昨日になって氏子さんから〝手伝いには双子の巫女を寄越してほしい〟とお願いされて急遽《きゅうきょ》バトンタッチしたんだ。あの子たちは、地元の人気者だから」

「へぇ。それじゃ、葵もうかうかしていられないな」

「それは……」

冬真にしてみれば単なる軽口だったが、葵は妙に真面目な顔になる。神職はアイドルとは違う、人気がどうとかくだらない、と叱り飛ばされるのを一瞬覚悟したが、続いて口にされた言葉は意外なものだった。

「そうだな。俺も、あの子たちを見習わないと」

「え……？」

「何を驚いているんだ？　別に、俺が巫女の恰好をすると言ったわけじゃない」

「あ、当たり前だろっ！　そんなの、俺の前でだけは許可してやるっ！」

「…………」

思わず本音を口走ると、あからさまに不快な目つきをされる。それが恋人に向ける目か、と傷つく冬真をよそに、葵は淡々と話し始めた。

「ずっと、あの子たちが巫女をやるのを反対してきたが……実際、そのお蔭でうちの神社には以前より多くの人が足を向けるようになった。無論、中にはおかしな連中もいる。全てを許容するのは危険だが……でも、俺や父が目指してきた、薄れがちになった地元住民の方々との繋がりが新たに増えたのは事実だ。皆さんが神社を気にかけ、散歩の途中などに気軽に参拝に来てくれるようになった。あの子たちが、イメージを明るくしてくれたお蔭だ」

「葵……」

「その恩恵を、無駄にはできないからな。俺も、ただ父から伝統と歴史を受け継ぐだけじゃなく、自分なりの務めを果たそうと思う。ようやく、長男としての義務感ではなく心から神職に就きたいと思えたんだ。それに、俺の目指す未来には冬真もいる」

そうだろう？　と目だけで微笑まれ、冬真はしっかりと頷き返す。

自分と生きることが生涯の望みだと言ってくれた、そんな相手になど二度と巡り会える気がしなかった。

「さて、到着っと。もう親はいないから、緊張しなくていいぞ。冬美も、義母さんから俺たちが来ることは聞いているはずだ。葵、頑張ろうな」

「麻績……」

「〝真摯に向き合う〟——だろ？」

ああ、と今度は葵が頷く。

だが、どうやら神様はまだ試練が必要だと思っているらしい。

冬真が鍵を差し込もうとした時、いきなり仕事用の携帯電話が鳴り出したのだ。

「……マジかよ」

あまりの間の悪さに呆然《ぼうぜん》となり、思わず葵と顔を見合わせる。しかし、さすがに無視するわけにはいかなかった。この電話が鳴るということは、どこかで誰かが犯罪に巻き込まれたという意味だからだ。

「悪い、葵。ちょっと待っていてくれ」

俺なら構わない、と葵が答え、冬真は急いでその場を離れる。着信が切れないうちにと相手も確認せずに慌てて出ると、矢吹の苦りきった声がすぐさま聞こえてきた。

『おう、やっと出たな。休日なのにすまないな。今、取り込み中か？』

「出先だけど、大丈夫です。どうしたんですか？」

『あ〜……うん、それがだな……』

やたらと歯切れの悪い様子に、嫌な予感がむくむくと頭をもたげてくる。単なる召集だけなら、矢吹がこんなに勿体《もったい》ぶるのは少しおかしかった。

「庁内で、何かあったんですか？」

思わず、そんな言葉が口をついて出る。図星だったのか、数秒間向こうが沈黙した。

「矢吹さん？　もしもし？　何か言ってくださいよ」

『……ちっとばかし、厄介《やっかい》なことが起きた。麻績、今からすぐ出てこられるか？』

「厄介なこと……？」

『そうだ。――冤罪《えんざい》疑惑だよ。この間、俺たちが挙げた女子高生連続殺人犯の笹本に、アリバイが浮上したんだ。裏を取るまで、検察も連続殺人での起訴は見合わせるべきじゃないかと言い出した。今、蔀島が調整に動いてる』

「冤罪？　まさかそんな！」

『けど、本人は黙秘を続けてるしなぁ。とにかく、マスコミが嗅《か》ぎ付けたら面倒だ。善後策も含めて緊急で捜査本部に詰めてた人間は集まれ、とさ』

「…………」

急転直下の展開に、冬真は啞然として声も出ない。

逮捕された際、笹本には会っているが、その後の取り調べには直接手錠をかけた人間があたるため、実質お役御免になっていた。しかし、彼の目を見た時に直感で「こいつだ」と確信したのだ。底冷えのする無感動な瞳は、自身の逮捕でさえ他人事のようだった。

「笹本が冤罪だって……？　一体、またどうしてそんな……」

電話を切ってからも、しばらく混乱して思考がまとまらない。心配した葵が近づいてきた気配にすら、冬真はすぐには気がつけなかった。

「麻績、おまえ顔色が悪いぞ。何か、良くない知らせだったのか？」

「葵……」

そうだった。今日は葵と二人で実家に来ていて、部屋に引きこもっている冬美に自分たちの付き合いをちゃんと話そう、と決めていたのだ。急な決心なのに葵が躊躇なく承知してくれたのは、滅多に休みの合わない二人が珍しくどちらも融通が利いたからだった。背中を押すタイミングが、勇気を授けてくれたと言ってもいい。

それが、予想外の事態を迎えてしまった。

「葵、ごめん。今日は中止だ」

「え？」

「緊急な用事で、警視庁に戻らなきゃならなくなった。もしかしたら、また当分は会えないかもしれない。とにかく、すぐに行かないと。ここまで来て申し訳ないけど、でも」

「落ち着け、麻績。わかった、おまえは仕事へ行くんだな?」

「あ……ああ。くそっ、何だってこのタイミングで!」

詳細は何も聞いていないので、どこへ八つ当たりしたらいいのかもわからない。腹立たしさを持て余す冬真に、葵は意外にもまったく動じずに言い放った。

「わかった。それなら、俺が残る。俺が、冬美ちゃんと話をする。だから、おまえは行け」

「え……」

「麻績が、さっき言っていたじゃないか。両親が出かけて、冬美ちゃんを一人にするわけにはいかないって。それなら、誰かが残っているべきだ。俺なら冬美ちゃんとも顔見知りだから、そんなに警戒はされないと思う。どうだ?」

「や、でも、それじゃ……」

「信用しろ。どこまで彼女に受け入れてもらえるかわからないが、俺なりに一生懸命話してみる。おまえは、何も心配しないで警視庁に急げ。矢吹さんが待っているんだろう?」

「…………」

早く、と追い立てられ、ようやく頭が回り出す。確かに、葵の言う通りだった。冬美は車椅子だし、万が一の場合は誰かの助けがいる。もし自分たちが行くと言わなかったら、義母だって留守にはしなかっただろう。

「——悪い」

言うが早いか彼に鍵を押し付け、冬真は踵《きびす》を返して駆け出した。これ以上ぐずぐずしていたら、また心に迷いが生じてしまう。だが、考えて答えの出ることではなく、どの選択が正しかったかはずっと後にならなければわからない。

だから、葵を信じることにした。

一人で冬美と話をするという、彼の勇気に甘えることにした。

4

「俺はさ」

険しい表情で俯《うつむ》いたまま、木陰は一向に宮本を見ようとしない。それでも、観念したのか逃げる気はないのを見て取った宮本は、さして気負った風もなく口を開いた。

「別に、咲坂に付き合ってくれとか迫る気はないから」

「え……？」

意表をつかれ、思わず木陰が顔を上げる。

宮本はいくぶんホッとしたように瞳を和らげると、改めて言った。

「前にも返事がほしいわけじゃないって言っただろ。咲坂と付き合いたくて、放課後のたびにおまえに話しかけようとしていたわけじゃないんだ。ただ、普通にクラスメイトとしていられればいいし、変に意識しなくていい……って言いたかっただけなんだけどな」

「そ……なの……？」

「うん」

「……そうなんだ」

なんだ、とみるみる木陰の全身から力が抜けていき、彼は照れ臭そうに「へへ」と笑う。

見慣れた制服ではなく巫女姿なので、傍目《はため》には幼いカップルが談笑しているようにしか見えなかった。二人から少し離れた場所で様子を窺《うかが》っていた陽は、予想もしなかった宮本の言葉にひどく驚いたが、ここで自分が割り込んでいくわけにもいかない。仕方がないので、もう少し成り行きを見守ることにした。

「どうせ、咲坂の俺への印象って最悪だろ。俺、頭ごなしに巫女のこと悪く言っちゃったしさ。そのことも、ちゃんと謝ろうと思っていたんだ。やっぱ、こうして自分の目で見ると純粋に〝すげぇな〟って思うし。ほんと、どっから見ても女の子だもんな」

「顔を褒めてもらうのは嬉しいけど、あんまり上手《うま》い褒め言葉じゃないね、それ」

「え、まずいか？」

「そりゃ、一応僕だって男なんだしさ。宮本くんみたいなタイプには永遠にわからないだろうけど、〝どっから見ても女の子〟って言われてもね」

「ごめん……」

存外素直に宮本が謝り、それで木陰の機嫌は完全に直ったようだ。本来のこまっしゃくれた表情を取り戻し、「ま、素直でいいんじゃないの」と偉そうな口を利く。

「転校生のくせに不躾で、ちょっと見た目がいいからいい気になってるダセー奴だって思ってたけど案外いいとこもあるし。冬美ちゃんを庇ったこととか」

「言いたい放題だな……って、何で咲坂がそんなこと知ってるんだよ」

「昨日、冬美ちゃんから聞いたから。宮本くんに、すっごい幻滅してたよ。木陰くんは男の子なのに変だって。ま、それは僕じゃなくて陽がうっかりバラしちゃったんだけど」

「おい、木陰！　僕だけのせいにすんなよ！」

一人で悪者扱いされ、遠慮していた陽もズケズケと二人の間に割り込んだ。昨夜、葵にもコンコンと諭され、二人して反省しあったくせに喉元過ぎれば何とやらだ。

「あのさ、宮本くんも超肩すかしなんだけど。せっかく僕がお膳立《ぜんだ》てしてあげたのに、何をさらっと爽やか小僧になっちゃってんの。木陰のこと好きだって、可愛いって言ってたじゃん。あの純粋な瞳はまやかしだったたって言うの！」

「お、俺は別に……」

「陽！　人にはね、それぞれ愛の形があるんだよ。いいじゃん、宮本くんは爽やか路線を突き進めば。おまえは、僕が冬美ちゃんの恋敵になるから宮本くんをそそのかしてるだけなんじゃないの。そういうのズルい！　姑息《こそく》な男は当て馬の資格すらないね！」

「僕のどこが当て馬なんだよ！　そういう木陰こそ、普通はここで〝僕は冬美ちゃんが好きだったはずなのに……ちょっと淋《さび》しいのはどうして？〟とか思う場面だろ！」

「え、咲坂、もしかして淋しいって思ってくれてんの？」

「バッカじゃないの、宮本くん。今のは陽の妄想だよ。僕は全然淋しくないし、迫られるわけじゃないってわかってホッとしてるし、やっと平和な学園生活が送れて嬉しい……」

「木陰！　言い過ぎ！」

「あ……」

慌てて陽が遮ろうとしたが、時すでに遅しだった。一瞬前の賑《にぎ》やかさはどこへやら、三人を包む空気が何とも白けたものになる。居心地の悪さに耐えきれず、木陰は作り笑いを浮かべて宮本に声をかけようとしたが、先に彼の方が口を開いた。

「麻績冬美から聞いたんなら、おまえらも知ってるんだよな、あの事件」

「う……うん」

二人同時に頷くと、そうか、といくぶん悲しげに宮本は微笑む。

「俺と彼女が通ってたピアノ教室の先生、若くて綺麗な人でさ。俺も、子ども心にすげぇ憧れてたんだ。その先生に一方的な片想いをした挙句、ストーカーになっちゃった奴が無理心中しようとして乗り込んできた時、教室の中はまるで……あんま、思い出したくないな」

「宮本くん……」

「つまり、その、俺が咲坂の巫女姿に最初あんなひどい言い方をしたのは」

「ストップ！　宮本くんの代わりに僕が話す！」

考えるより先に、陽は声を張り上げていた。宮本は、冬美や葵と同じ犯罪被害者だ。できるなら忘れ去りたい出来事なのに、無理して話させる必要はない。

「あのね、木陰。宮本くんは、おまえを心配してたんだ。ほら、巫女姿のせいで誘拐騒ぎになったじゃないか。あれ、噂で聞いたらしくてさ。僕たちが面白半分でそういう恰好をしているなら、危ないからやめろって言いたかったんだよ。けど、そういうの全部すっ飛ばして〝アキバのコスプレ喫茶か〟みたいな暴投しちゃったんだと思うな」

「……暴投にも程があると思うけど」

「そうだけどさ、そこはまだ中三ってことで許してあげれば……」

「同じ中三のおまえに言われてもなぁ。それよか、陽」

「ん？」

「おまえ、何でそんなに宮本くんのこと応援してんの。冬美ちゃんのことがあるにしても、何か変じゃない？　大体、前は僕と協力して宮本くんがライバルになる前にぶっ潰す、とか盛り上がってたじゃん」

「それは……」

「それは？」

「なんでだろう……」

指摘されるまで、まるきり陽にも自覚はなかった。しかし、言われてみれば確かにここまで宮本の肩をもってやる必要はないのだ。

「えっと、昨日の放課後に木陰と間違えられて、その流れでちょっと話すことになって。そしたら、案外いい奴かもって思って……何でこんなに言い訳してんの、僕？」

「知るかよ」

「あの、二人で話しているところ悪いんだけどさ」

会話から置き去りにされがちな宮本が、はいはいと右手を上げて参加する。

「俺、そろそろ行くよ。午後からバスケ部の練習があるんだ。おまえらも、地鎮祭に行くんだろ？　咲坂、今日は話を聞いてくれてありがとな」

「宮本くん、そういやバスケ部なんだっけ。女子がキャーキャー言ってたもんね」

「うん。小学校からミニバスやってたんだけど、中学は私立受けるからやめるつもりだったんだ。でも、事件の怪我のせいで最後の試合出られなかったからさ。そのことがずっと引っかかっていて、そんで気がついたんだ。本当は、バスケ続けたかったんだって。だけど、俺が通っていた中学はあんまり強くなくてさ、思い切って親に相談しておまえらの中学に移った。バスケ部、都内ベスト４の常連だろ」

「ああ、そういうわけか。じゃ、頑張って活躍しないとね」

「応援なら大歓迎。言っとくけど、咲坂のこと諦めてるわけじゃないから。ただ、今はバスケの方が大事だから誰かと付き合うとか、そういう余裕がないだけ」

「ふ……ふーん……」

爽やか路線に徹した言葉に、さすがの木陰も憎まれ口は叩けないようだ。くそ、負けた、と小さく毒づくのをよそに、宮本は続いて陽へ向き直った。

「えーと、咲坂の弟……って呼び方もアレだよな。陽、でいいか？」

「よっ、呼び捨てっ？　本命の木陰が〝咲坂〟なのにおかしくないっ？」

「だって、おまえら同じ顔で同じ苗字《みょうじ》だし。咲坂はもう咲坂だし」

「………」

「とにかく、陽もありがとな。特に、さっきは嬉しかった。おまえ、優しいな」

にこっと微笑まれ、陽もまた返す言葉がない。いや第三者だし面白がっていただけで、と言おうかとも思ったが、どういうわけか口が上手く動かなかった。

「あのさ、事件のことは確かに思い出したくない嫌な出来事だけど、でも一つだけ良いこともあったんだ。あれで怪我したから、俺はバスケへの未練を持ち続けることができた。結果的にバスケを再開できたし、今は凄く充実している」

「宮本くん……」

「もちろん、能天気な意見だとは思う。麻績さんはまだ車椅子だって聞くし、亡くなった友達もいるからな。でも、悲観しても楽観しても実際にこの身に起きたことだ。事実として受け入れて、生きていくしかないんだよ。今は、俺、そう思っている」

どうしよう、と陽は思った。今、凄く凄く宮本がカッコ良く見える。同じ男として、あるべき理想の姿にさえ映った。冬美が好きになっても、これは仕方がない。勝てる気どころか

同じ土俵にも立っていないのではないか、そんな風に考えるとくらくらする。

「そんじゃな。咲坂、月曜からはもう逃げんなよ。陽、おまえの巫女姿も可愛い」

「なっなっ、何言っちゃってんの、この人！」

「聞くな、陽！　僕たち、すっかりこいつのペースだぞ！」

二人で手を取り合ってあわあわしている間に、宮本は「じゃあな」と歩き出した。その足取りは軽く、少女マンガのヒーローのように颯爽《さっそう》としている。

「陽……」

「木陰……」

いつも周囲の大人を煙に巻き、減らず口では負け知らずの双子は、互いに呆然としながら顔を見合わせた。生まれて初めて感じるのは、屈辱と羨望《せんぼう》と敗北感だ。

しばしの沈黙が続き、やがてどちらからともなく口を開く。二人はうんと頷くと、大きく息を吸い、揃って声を張り上げた。

「――まさかの天敵登場！」


もう小一時間くらい、葵は廊下に正座していた。

閉ざされたドアの向こうには、冬美がいる。あらかじめ冬真が彼女の携帯電話に連絡を入れて、自分は仕事で行けないが葵は会いたいと言っている。話を聞いてほしい。そんな風に言っておいてくれたのだが、どういうわけか何度声をかけても返事どころか、部屋から出てくる気配すらない。何かあったのかと不安にかられたが、よく耳を澄ませば物音はするので倒れているとか非常事態ではなさそうだ。

そこで、仕方なく廊下から彼女へ話しかけることにした。初めはどうして冬美が自分を拒否するのか、双子の兄だからだろうか、などいろいろ考えたが、どのみち冬真との付き合いを告白すれば同じ展開が待っていたかもしれない。

「――そういうわけで、ただでさえ気持ちの整理がついていない時に申し訳ないと思う。けれど、今でなければダメだと俺も麻積も思ったんだ。そうでないと、また次に告白するまで君を騙《だま》すことになる。麻積は冬美ちゃんを本当に大事に思っているから、それはできないと決めた。俺も、その意見に同意した。打ち明けても一時的に隠しても、同じように君を傷つけてしまうが……その点については、心の底から詫《わ》びるしかない」

聞いているのかどうかさえ定かではないが、葵は今一度居住まいを正すと、静かに廊下へ両手をついた。かつて打ち込んでいた弓道の練習に入る前、必ず道場の入り口でこうして頭を下げ、礼を尽くして精神を研ぎ澄ませた。あの時の気持ちを、緩やかに思い出す。

「今まで黙っていて、申し訳なかった。俺は、君のお兄さん……麻績冬真と共に生きていく道を選んでいる。容易《たやす》い道でないことは承知しているが、俺の人生に於《お》いて彼の存在は不可欠だ。だから、一緒に生きていきたい。どうか、そのことを許してほしい」

頭を下げたまま、葵はしばらく沈黙する。

返事を期待してはいけないが、緊張に逸《はや》る鼓動は事態の変化を待ち侘《わ》びていた。

けれど……――。

(ダメ……か……)

小さく息を吐き、葵はゆっくりと顔を上げた。無理もない、いきなり敬愛する兄の恋人が男だと言われて、すぐに納得できる少女などいないだろう。焦ってはダメだ、と自分へ言い聞かせ、葵は再び正座に戻った。

「一生隠し通す、という選択肢がなかったわけじゃない」

どうしても言っておきたくて、無駄だと知りつつもう一度口を開く。

「今こうして告白することが、俺たちの自己満足だと思われるのも覚悟の上だ。でも、麻積は堂々としていよう、と俺に言ってくれた。俺たちが互いを愛しく想い合うことを、〝おかしなこと〟だとは思いたくない、と。だから、やはり隠し通すのは不可能だ。君を傷つけるのを承知で打ち明けたのも、それが俺たちのエゴなのも、全てをひっくるめて……それが、俺たちの出した結論だ。だから……」

歯がゆさにかられながら、葵は懸命に言葉を綴《つづ》った。もとから口が達者ではないし、想いの強さが先行して、自分でも何が言いたいのかわからなくなってくる。一度は弁護士を目指したくせに、と情けなく思ったが、もとより口先だけで納得させられる話でもない。

だからこそ、諦めるわけにはいかなかった。

今すぐは無理でも、時間をかけて冬美の理解を得ていきたかった。

(だって、彼女は麻積の大事な妹だ。それなら、俺にとっても大切な存在だ)

つくづく、双子の弟たちは稀有《けう》なことをしてくれたんだな、と今更のように思い知る。

頑《かたく》なな葵兄さんには、その殻を物ともせず踏み込んでくれる人がいいよ。そう言って彼らは冬真に白羽の矢を当て、わあわあと賑やかしく後押しをしてくれた。そこには同性だとか未来だとか、もっともらしいハードルを言い訳とせず、ただ葵が笑顔でいられる相手だ、という一点しか重視されていない。そのことに戸惑いもしたが、やはり彼らの存在なくして冬真の気持ちを素直に受け入れられはしなかっただろう。

(まったく……うちの巫女たちの言うことは、デタラメなようでいてあなどれない)

思わず、微苦笑が口許《くちもと》に浮かんだ時だった。

電動のモーター音が微かに聞こえ、次いでおずおずとドアが開く。

「冬美ちゃん……」

予想もしていなかったので、咄嗟《とっさ》に何も言葉が出てこなかった。葵は車椅子の冬美を見上げ、あどけなく飴《あめ》のような艶《つや》をもった瞳に目を奪われる。

「あの……葵さん……」

「え……」

か細く呟かれた声音は、いくぶん遠慮を含んでいた。冬美は人見知りで、車椅子の生活になってからはあまり人とも会おうとしない、と聞いている。人懐こい双子のお蔭で葵とも少しは打ち解けているが、二人きりになったことはないので気後れしているのだろう。

「あの……」

少しの間口ごもり、彼女はようやく心を決めたように表情を引き締めた。

「ごめんなさい。そんな真似させて」

「あ、いや、これは、その……」

「もういいですから、立ってください。葵さんが言いたいこと、お兄ちゃんが伝えたかったこと、全部ちゃんと聞きました。それに、宮本くんのことも」

「え？」

「さっき、木陰くんと陽くんからメールがきました。宮本くんと話したって。宮本くん、今はバスケに夢中だからそれ以外は二の次なんだって。木陰くんのことは好きだけど、ただ好きなだけで付き合うとかはないって」

「………………」

いつの間に、と内心驚いていると、僅《わず》かだが冬美が微笑んだ。少し困ったような、でもどこか嬉しそうな、少女らしいはにかみを滲ませて彼女は言った。

「私、まだよくわからないけど……でも、皆が私の心配をしてくれたのは嬉しいです。一人で部屋にこもって、たくさん心配かけたのに……ごめんなさい、葵さん。あと、今日は来てくれてありがとうございます」

「そんな、そんな風に言わないでくれ。むしろ、俺たちは」

「本当のこと言うと、前からちょっと変だなって思ってました。お兄ちゃん、友達は昔から多いけど、葵さんのことは全然違うんだもん。距離が全然ないっていうか、いつも一緒にいると楽しそうで……あと、葵さんといる時が一番カッコ良かった」

「そ……そうか……」

何とも返事のしようがなくて、羞恥《しゅうち》に頬を熱くする。まったく意識していなかったが、傍目にわかるほど態度があからさまだとは思わなかった。

複雑な顔をする葵へ、冬美は更に先を続けた。

「あとね、私がうっかりお兄ちゃんのお見合いを話しちゃった時、葵さん、もの凄く動揺していたでしょう？　隠しているつもりだったかもしれないけど、こっちが心配になるくらいショックを受けてたみたいだった。その時も、仲がいいにしてはって思ったし」

「す……すまない……っ」

「え、何で謝るの？　あれは、余計なことしゃべっちゃった私のせいだから。それなのに、葵さんもお兄ちゃんも私のこと全然叱らなくて、何だか余計に悪いなぁって思ったの。だから、昨日は木陰くんが迎えに来てくれて嬉しかった」

「………」

「私が歩けなくなってから、周りの人は皆とても優しくしてくれます。たくさん助けてくれます。私は、一人では何もできないから。でも、そのうち私自身もそれでいいやって甘えていたところがあったと思う。私は可哀想なんだから、大事にされてもいいんだって」

冬美の言葉に、葵はこれまでとは別の意味でハッとする。

何故なら、自分にも同じ経験があるからだ。過去に冬美と同じように犯罪に巻き込まれ、腕を刺されて弓道を続けることができなくなった。あの頃、家族を始めとする周囲の者は葵にひどく気を遣い、「気の毒に」と言い続けた。それらにいちいち反発し、やがてそんな自分にも疲れ、最後には「可哀想な自分」でいることに開き直りそうになった。

(それでも、俺はその前に何とか踏み留《とど》まれたけど……それは、禰宜という新しい道に進み始めたお蔭だ。だけど、冬美ちゃんは……)

大人の自分とは違って、怪我を負った時の冬美はまだ十歳だった。車椅子の生活で世界を広げるには、あまりにも越えなくてはいけないものが多すぎる。

「あのね、葵さん。正直、私にはやっぱりわからないです。まだ〝一生を共にする〟っていう気持ちになったことないし、これからだってそんな相手に出会えるかわかんない。でも、葵さんとお兄ちゃんが……あと、宮本くんが……一生懸命なんだってことは伝わりました」

「冬美ちゃん……？」

「ごめんなさい。でも……まだ、もうちょっとわかんないままでもいいですか。私に本当の意味で好きな人ができて、ずっと一緒にいたいって思えたら、さっきの葵さんのお話がわかるかもしれない。それまで、このことは保留でもいいですか？」

異論など、あろうはずもなかった。

冬美は、精一杯の譲歩をしてくれている。今すぐ理解してもらうことなどハナから求めてはいなかったし、土台それは無理な相談だ。けれど、間違いなく一つの前進には違いなかった。一歩ずつ先に進めていけるかは、自分と冬真の今後にかかっている。

「これで、私もちょっとは甘え癖から卒業できるかな」

「できるさ。それは、俺が保証する」

照れ臭そうに呟く冬美へ、葵は力強く頷いてみせた。

「だって、君は可哀想なんかじゃない。そのことは、君自身が一番よく知っている」

「葵さん……」

「この前、リハビリしているところを見せてもらっただろう？　頑張る冬美ちゃんの姿に、俺はどれだけ励まされたかわからない。いろいろな迷いが吹っ切れた。冬美ちゃんのお蔭だ。どうもありがとう」

「…………」

「そういう意味では、君は甘やかされる価値がある。俺や麻積や弟たちが君のことを大好きなのは、君が車椅子で生活しているからじゃない。冬美ちゃんが、冬美ちゃんだからだ」

ぽろり、と真っ黒な瞳から大粒の涙が零れ落ちる。

葵が微笑むと、冬美はぽろぽろ泣きながら「えへへ」と笑顔を返してきた。

警視庁内の喫煙所は、各フロアに申し訳程度の小さなスペースしかない。何年も前から全面禁煙の動きもあるようだが、ストレスの多い仕事故か根強い反対派が頑張っており、何とか確保しているような状態だ。

無人のそのスペースに、冬真はだるそうに足を踏み入れた。葵と出会って以来、この一年間は禁煙を通してきたが、今日ばかりは無性に煙草が吸いたい。冬美が去年の誕生日プレゼントにくれたライターはお守り代わりに持ち歩いているので、途中で買った煙草の一本にそれで火をつけた。

「まいった……」

思い切り肺まで吸い込み、久々の感覚に軽く身を浸す。駆けつけた時、すでに一課内は騒然として怒号が行きかうひどい有様だった。事件に関わった人間はそれぞれ持論を展開し、何が冤罪かと憤っている。だが、一方でアリバイの裏付けを取れなかった失策を責める者もおり、室内は非常に険悪な空気が蔓延《まんえん》していた。

「そういや、葵は大丈夫だったかな。冬美、かなり頑固だからなぁ」

頑固者同士、はたして接点はあるだろうか。疲れ切った頭でそんなことをボンヤリ考えていたら、マナーモードにしていた携帯電話に着信が入った。メールか、とすぐに止んだ振動に見当をつけ、ポケットから引っ張り出す。もしかして、と思ったが、案の定、送信者には咲坂葵の文字があった。

「葵……」

こんな時だからこそ、と言うべきだろうか。

文字を見ただけで、冬真は心の底から安堵する。この先、仕事は再びハードなものになるだろう。マスコミにバレれば世論から警察が叩かれるのは必至だし、捜査本部の人間は残らず白い目で見られる。

「くそ、会いたいな」

詮《せん》ない呟きを漏らし、冬真は受信メールを開いた。

そこに書かれている内容が、自分たちの未来を明るくしてくれるようにと祈りながら。

うちの後輩が言うことには

1

憂鬱だ。まったくもって、憂鬱だ。

矢吹信次《やぶきしんじ》はだらしなく椅子の背もたれに身を預け、ざりざりと無精ひげを擦《さす》った。あの口《くち》煩《うるさ》い小姑《こじゅうとめ》のような上司に皮肉を言われる前に剃《そ》らねば、と思うものの、どうにも億劫《おっくう》で腰が上がらない。大体、あの男は顔を合わせるたびに「ひげが、シャツが」と眉《まゆ》をひそめるが、いくら見た目を小綺麗《こぎれい》にしたところで、それが犯人検挙に繋《つな》がるわけじゃない。

「そんな理屈が、葩島《はいしま》さんに通用するわけないじゃないですか」

キャリア組の後輩、麻績冬真《おみとうま》が、隣のデスクから呆《あき》れたように言ってきた。

「それに、矢吹さんだって口ひげは割とマメに剃ってますよね。なのに、何で顎《あご》だけ放置気味なのか理解に苦しみます。あ、まさかオシャレですか？　オシャレなんですね？」

「ちげーよ、バカ」

思い切り頭の悪そうな発言に、こいつは本当に国家公務員I種合格者かと疑いの目を向ける。しかし、この緩さが彼の美点でもあるのだと、溜《た》め息をついて思い返した。

そう、頭が切れすぎて言動が嫌みになるくらいなら、冬真のようなタイプがいい。多分、その方が生きやすいし無駄な敵も作らないだろう。

（同じキャリアでも、あっちはなぁ……）

脳裏に思い描くのは、かつての後輩で今は上司の蔵島蓮也《れんや》だった。研修で一課に配属された時は教育係として組んだが、数年を経た現在は天地ほど立場に差が出ている。向こうは異例のスピード出世で警視正になり、こちらは万年巡査部長だ。肩書きに興味はないが、今の蔵島を見ていると矢吹は何とももどかしい気持ちに捕らわれる。

（ちっと前まで、世渡り上手なエリート野郎、くらいにしか思ってなかったけどな）

それが決定的に変わったのは、ごく最近のことだ。蔵島の屋敷に殺人犯が侵入し、その逮捕劇があったのだ。久々に共同で事に当たった爽快感は、以前の記憶を矢吹の中に鮮やかに呼び覚ました。

以前の記憶——それは。

「矢吹くん」

唐突に、涼やかな声音が自分を呼んだ。蔵島だ。

「ボーッとしているところを申し訳ないけど、ちょっと課長室まで来てくれるかな」

「…………」

「矢吹くん？　聞こえているかな？　それとも、目を開けたまま寝ている？」

「す、すみません、蔵島課長。ほら、矢吹さんっ。返事っ」

慌てて冬真が肩を摑《つか》み、ゆさゆさと乱暴に揺すってくる。無論、起きてはいたが、ちょうど彼のことを考えていた時だったのでタイミングの良さに面食らってしまった。しかし、バカ正直に答えるわけにもいかないので、矢吹はわざと渋面を作る。

「はいはいっと。課長サンのお呼びじゃ、しょうがねぇな」

「……先に戻っている。すぐ来るようにね。僕もヒマじゃないんで」

「あいよ」

わざとらしい欠伸《あくび》をしている間に、蓜島はさっさと一課を出て行った。その途端、冬真が溜め息をつき、咎《とが》めるようにこちらを見る。

「矢吹さん、今の態度はまずいですよ」

「あぁ？　何だよ、今更。んなことより、おまえ揺さぶりすぎだぞ。酔うだろうが」

「蓜島さん、わざわざ自分で呼びに来たんじゃないですか。人を使ってもいいのに、おかしいと思わないんですか。あと、矢吹さんの三半規管は鋼鉄並みに丈夫なの知ってます」

「わざわざ……？　蓜島が？」

「要するに、あまり第三者に知られたくない用件なんですよ」

「…………」

言われてみれば、確かにその通りだ。蓜島は課長室で部下からの報告を受け、書類に判を押し、組織が効率よく円満に機能しているか目を配るのが主な仕事だから、そうそう出歩く必要はない。一課には比較的顔を出している方だが、それも何かのついでに立ち寄った、という時が多かった。しかし、今のは明らかに「ついで」ではない。

「何か、嫌な予感が満載だな」

「そうですね。もしかしたら、例の冤罪《えんざい》疑惑についてかもしれません」

矢吹と同じように顔をしかめ、冬真が現在関わっている事件について苦く呟《つぶや》いた。容疑者が逮捕され、捜査本部も解散になって起訴間近、というところで持ち上がった問題に、警視庁内は昨日から不穏な空気が満ちている。

でもな、と矢吹は異を唱えた。

「あれに関して、俺を名指しで呼び出しってのはねぇだろ。実際に逮捕したのはN区の刑事だし、俺と麻績は張り込み班だっただけで……いや、待てよ」

「え？」

「逮捕の決め手は、容疑者の愛人だったしな。彼女がプレゼントされたってスカーフが、犯行に使われた凶器だったんだ。俺たちの張り込み対象も彼女だし、その辺を詳しく訊《き》きたいのかもしれねぇな。よっしゃ、ちょっくら行ってくるわ」

「あ……はい。気をつけて」

勢いをつけて椅子から立ち上がると、冬真が間の抜けた返事をした。何に気をつけるんだよ、と苦笑が浮かび、だが満更的外れでもないかも、と思う。

「気が抜けねぇからなぁ、あいつとの会話は」

バリバリと頭を掻《か》き、矢吹は目を何度か瞬《しばたた》かせた。

ともすれば嫌みの応酬になり、そうでない時は本気で険悪な空気になる。蓜島との関係は、いつからか複雑に捩《よ》じれてしまっていた。だからこそ、気合いを入れないと彼の真意を見落としてしまう。そう、あの時のように。

「あなたはバカだ……か」

一度は忘れていたのに、今では心に引っかかったまま抜けない言葉。結婚報告の返信に一言だけ書かれていた文字を、蓜島はどういう気持ちで綴《つづ》ったのだろうか。

いや、やめておこう。考えたところで詮《せん》ないことだ。

柄にもない感傷を頭から振り落とし、矢吹は課長室へと向かった。


一ヶ月前の五月下旬。都内N区にて、二人の女子高生が相次いで絞殺体で発見された。

容疑者は笹本唯史《ささもとただし》。三十歳のフリーター。被害者はいずれも十六歳だが、通う高校も別々で目立った接点はなく、しかし殺害の状況や犯行の手口などに多くの共通点があったため、始めから同一犯の犯行と見込まれていた。程なく捜査本部が設置され、地道な地取り捜査から浮かび上がったのが笹本だ。第一の遺体が発見された児童公園、第二の遺体が発見された川沿いの遊歩道、どちらからも目撃情報が得られており、恐らくは遺棄する場所の下見をしていたのでは、と推測された。二人の被害者は共によそで殺害された後、運ばれたのだ。

笹本は、相当な美男子だった。年齢も五歳は若く見えたし、いかにも好青年らしい愛想の良さと口の上手さには定評があった。フリーターと言っても実際はろくに働かず、複数の愛人から小遣いを貰《もら》って遊んでいたのが実情らしい。被害者の女子高生たちも、特別な理由があって殺されたわけではなく、ナンパされてついていった結果ではないかと思われた。

「遺体遺棄現場での目撃情報、繁華街で被害者の一人、大原笑里《おおはらえり》さんに声をかけて一緒に歩き出したところを捕らえた街頭の防犯カメラ、以上から我々は笹本をマークしていた。だが、時期を前後して笹本は行方《ゆくえ》をくらまし、まるで捜査員を嘲笑《あざわら》うかのような神出鬼没ぶりを発揮していた。まぁ、実際は警察が把握していなかった愛人のマンションに入り浸っていたわけだけど。ここまでで、矢吹くん、何か事実と異なる点は？」

「ねぇよ」

「では、先を続けるよ」

改まって呼び出しておいて、今更事件のお浚《さら》いか。そう毒づきたいところを堪《こら》え、高価なイタリア製ソファに矢吹はふんぞり返った。だが、課長室の居心地の悪さは相変わらずだ。部屋の主同様、どこか他人行儀で趣味の良さが鼻につく。

（さすがに、今は音楽を消してるか。ま、悠長にクラシック聴いてる場合じゃねぇしな）

いつもなら、書類仕事の効率が高まるとかでクラシックが流されているのだ。無駄な音がない分、葩島の落ち着いたトーンの声音が淡々と響き、何度も欠伸を噛《か》み殺した。彼が読み上げる事件の詳細は、解決までに何十回と目を通してきた内容だからだ。

「――そうして、人目のない場所まで誘い出して持参の婦人用スカーフで絞殺。犯行現場については、笹本が黙秘を続けているのでまだ特定はできていない。ただ、犯行に使われたと思われるスカーフを彼が愛人にプレゼントしたことで逮捕のきっかけができた、と」

「その通りだよ。別に証拠をねつ造したわけでも、強引な手段でしょっぴいたわけでもないさ。凶器を持っていた人間が、所持の理由を頑としてしゃべらねぇ。だったら、怪しいと踏んで逮捕されてても無理ないだろうが。ああ？」

「鑑識からも報告が来ている。証拠品のスカーフは、間違いなく犯行に使われたものだ。首を絞めた際の被害者の唾液《だえき》、汗が染み込んでいて、それは大原笑里さんと山口桃子《やまぐちももこ》さんのDNAと一致した。笹本って男は、何を考えていたんだろうな」

「え？」

「そんなものを、愛人の一人にあげてしまうなんて」

眉間《みけん》に皺《しわ》を寄せ、デスクの葩島は「嘆かわしい」と言わんばかりだ。矢吹は皮肉めいた笑みを唇の端に刻み、そんな彼をちらりと見やった。

「そうだよなぁ。凶器を無防備に他人へやっちまうとは、警戒心がなさすぎ……」

「僕が言っているのは、そういうことじゃない」

すかさず否定し、彼は眼鏡《めがね》のフレームを指で押し上げる。

「そんな大事なものをどうして手放したのか、そこが疑問なんだ」

「……………」

「だって、そうだろう？　凶器というものは快楽殺人ならお宝になるし、衝動的な犯行なら真っ先に隠滅すべきものだ。だが、笹本はどちらもしていない。よりによって愛人へプレゼントするなんて、まったく馬鹿げている。理解不能だ」

「蓜島……」

勝手に動いた唇に、蓜島はきつい眼差《まなざ》しを送った。矢吹は慌てて居住まいを正し、「蓜島課長」と神妙に言い直す。彼は憮然《ぶぜん》としたままデスクを離れると、おもむろに正面のソファへ腰を下ろして真《ま》っ直《す》ぐこちらを見据えてきた。

束の間、視線が交差する。

だが、矢吹が口を開くより先に向こうが問いかけてきた。

「矢吹くんも、本当はそこに引っかかりがあったんだろう？」

「……………」

「だが、笹本が犯人なのはほぼ確定だ。矛盾は取り調べで明らかにしていけばいい、そんな風に思っていたんだろうね。僕も同意見だ。この件は、笹本の犯行で間違いはない」

「でも、それなら」

「うん、そうだね。アリバイの件が問題だ」

ようやく本題に入った顔で、葯島が小さく息を漏らす。やはり、呼び出しの理由はそこかと矢吹は胸で呟いた。笹本が犯人で間違いないなら、新しく出てきたアリバイをどう崩せばいいのかが今後の重要なポイントになる。

でも、と一瞬疑問が脳裏をよぎった。

もしそのことで相談があるなら、何も人目を避けるように呼ぶ必要はないはずだ。大体、矢吹は捜査員の一人にすぎず、捜査方針や問題点についての討議はもっと上の階級の人間同士で取り決めることになっている。

「矢吹くん」

眼鏡越しに、葯島の瞳《ひとみ》が細められた。どこか苦々しげに見えるのは、気のせいだろうか。数秒のためらいの後、彼は珍しく皮肉の色を交えずに真面目な声色で言った。

「笹本のアリバイ、詳細は耳に入っているね？」

「あ……ああ。二人目の被害者の犯行時刻に、行きつけのスナックでカラオケ歌ってる様子がホームビデオに撮られてたってやつだろ。そのスナックに勤めている女性が、録画の画像持参で乗り込んできたっていう」

「その通り。ちなみに、画像に改ざんされた痕跡《こんせき》はないそうだ。十中八九、ビデオ自体は本物だという報告を受けている。写っているのも、もちろん笹本本人だ」

「けどよ、撮影した日時が犯行時刻だと、どうやって証明されたんだ？」

昨日召集を受けてから、ずっと気になっていたことを訊いてみる。大まかな流れは聞かされたものの、アリバイの信憑性《しんぴょうせい》については検討中と言われたきりなのだ。先ほど、冬真と二人でデスクに待機していたのもそのためだった。

「あんなのこそ、いくらでもごまかせるだろ。カメラの日付もあてになんねぇし、ビデオを持ち込んできたってスナックの姉ちゃんの証言だけじゃ……」

「確かにそうだ。でも、犯行時刻じゃない、という証明もできない」

「…………」

「彼は店にいた、というスナックの女性と客の証言もある。どちらの立証もできない以上、たとえ証拠物件として効力はなくても無視はできないだろう？　まずは、絶対に犯行時刻とは違う時に録画されたんだ、という点を確実にしなくてはね」

「……疑わしきは罰せず、とかいうやつかよ」

「地検の担当検事は、恐らく高峰強氏《たかみねつよし》になる。彼は来期の参院選で、比例代表区から出馬する予定になっているから黒星はご法度だし、まして冤罪なんてとんでもない。万が一、の可能性が消えない間は起訴を渋るだろうと思われる。実際、僕にはそう言ったよ」

ひょいと芝居がかって肩をすくめ、葩島は「お手上げ」のポーズを取る。いつもなら、ふざけやがってと腹を立てるところだったが、今は矢吹もそれどころではなかった。

「ん～……まぁ、アリバイを申し立ててきた証人を無視して、強引に起訴までもっていくのはちっと乱暴だとは思うけどな……」

「不服そうだね？」

「そりゃそうだろ。それに、崩れたのは第二の犯行時刻だけだろ。この際、最初の殺人だけでも立件できねぇのかよ。その間に、アリバイ崩しの時間稼ぎもできるし」

「そうだね、僕も同感だ」

「へ……」

耳を疑う一言に、思わずまじまじと蔀島を見返す。彼が上司として舞い戻ってから、初めて諍《いさか》いなく意見が一致したと言っても過言ではなかった。どういう風の吹き回しだ、と些《いささ》か不気味に思いつつ、矢吹は引き続き相手の目を覗《のぞ》き込む。

「何……？」

不快そうに眉をひそめ、蔀島が負けじと睨《にら》み返してきた。普段は忘れがちだが、そういえばこいつは頑固で見栄っ張りでめちゃくちゃ勝ち気だったんだと思い出す。

「蔀島……」

「…………」

「……課長」

「…………」

「おい？　蒞島課長？」

「もういい。別に、ここには他に人がいないし。それに、いちいち言い直されると逆に嫌みだ。第一、全然話が進まない。時間の無駄だ」

　これみよがしに溜め息をついた直後、蒞島がガラリと口調を変えてきた。取り澄ました響きは失《う》せ、いくぶん不遜《ふそん》で攻撃的な、かつてよく知った『後輩』が戻ってくる。生意気でプライドが高く、理想の追求に妥協を許さない潔癖な顔。それは、矢吹と組んでいた頃の蒞島がよく見せる表情の一つだった。

「じゃあ、早速だけど本題に入ろうか。わざわざ、君を呼んだのには理由がある」

「おい、豹変《ひょうへん》したなぁ。つか、本題これからかよ？」

「高峰検事には、ひとまず大原笑里さん殺害の立件を推しておいた。連続殺人で起訴したいのは山々だが、そこにこだわって笹本を逃すのはバカげている。ただし、必ず第二の殺人、山口桃子さんの事件にも奴が手を下していると立証する。できれば、裁判が始まる前に」

「つまり、アリバイ崩しだな。それが本題か？」

「いや……そうじゃない」

　続きを言い澱《よど》み、彼は瞳を曇らせる。よほど言い難《にく》いことなのかと、つられて矢吹まで緊張してきた。弁の立つ蒞島がためらうなんて、そうそうあることではない。

「おいおい、勿体《もったい》ぶらねぇでさっさと言えよ。俺もおまえも、ヒマなわけじゃねぇんだからさ。それとも、何か。また俺の査定がどうとか、小煩い説教か？」

「先ほど話した、アリバイ崩しの要」

「あ？」

「ビデオを持ち込み、犯行時刻に笹本は店にいたと証言してきた、スナックの女性だよ。彼女の名前、矢吹くんはまだ確認していないと思って」

「名前？　それがどう……」

「――今井沙里《いまいさり》。聞き覚えがあるよね、この名前」

「いま……い……さり……だと……？」

まさか、と咄嗟《とっさ》に口走りそうになり、慌てて口を閉じた。しかし、一瞬で顔色が変わったことはごまかせそうもない。予想もしていなかった名前を聞き、矢吹は自分でも戸惑うくらい激しい動揺に見舞われていた。

「成る程な。それで、わざわざ課長室に呼び出しか……」

「懐かしい、と感想を持つほど、過去の人ではないと思うけど」

「は、そりゃそうだ。毎月のように、文句の電話がじゃんじゃんかかってくるからな。養育費が足りない、娘の誕生日の約束をドタキャンした、入塾の面接に行け、いつも怒ってる」

「入塾の面接？　私立でも受けさせるのかな？」

「まぁな。あいつは見栄っ張りで強情だから一度言い出すと……」

半ば自棄《やけ》気味に答えながら、ふと矢吹は途中で止《や》める。少し前、目の前の人間について似たような感想を抱《いだ》いた気がしたからだ。だが、かつて妻だった女とよく似た性格、というのは何となく決まりが悪かったので、それ以上深く考えるのはやめておいた。

「何、また変な目で僕の方を見て。気味が悪いな」

「おまえなぁっ」

「とにかく、これが非常にデリケートな問題なのはわかってくれただろう？　君の元妻は、今回のアリバイの証言者だ。笹本は、彼女が雇われママをしているスナックの常連だったようだね。ちなみに、肉体関係があるかどうかまではまだ……」

「やめろ」

「………」

さすがに悪趣味だと睨みつけると、蓜島は少しムッとしたようだ。彼が感情を表へ出すことは滅多にないので、これには言った矢吹も少々戸惑った。だが、何で俺がキレられなきゃならないんだと、すぐに新たな怒りが湧いてくる。誰だって、別れた女房が殺人事件の容疑者と寝ているかもしれないと言われれば嫌悪を感じて当然だろう。

「君には、これ以上落胆することはないと思っていたけど」

不機嫌な矢吹に向かい、軽い怒りすら滲《にじ》ませて蓜島は言い返した。

「でも、まだまだ僕の認識が甘かったようだね、矢吹くん」

「何だと……」

「悪いが、あなたは刑事だ」

叩き切るような容赦のなさで、きっぱりと彼は突き放す。

「そして、今僕が話しているのは事件に関与する人間についてのごく当たり前の疑問だ。それなのに冷静に聞けないのなら、捜査から外れてもらうしかないね。実際、そのことを決めるために呼んだんだから」

「く……」

「まったくもって、情けない。普段、あれだけ偉そうに〝刑事でござい〟って態度を取っているくせに、たった数年間夫婦だった女の登場でもう精神がガタガタとはね。矢吹くん、やはりけじめはきちんとつけよう。僕のことは課長と呼び、タメ口もやめること。何度だって言うけれど、僕が君の後輩だったのは過去の話だ。もっと細かく言えば、麻績くんだって肩書きは警部補なんだから、階級で言えば君より上だよ」

「うるっせぇなっ」

「そういう口をきくなら、今すぐ部屋から出ていくように。その代わり、この事件に関しては君を外す。本来、いちいち意向を聞くまでもないことなんだから」

恩着せがましい言い方に、矢吹はますます腹を立てた。怒りに任せて立ち上がり、蓜島の落ち着き払った顔を無言のまま見下ろす。言葉は発しなくても剣呑《けんのん》な目つきは隠しようもなく、二人の間でしばし見えない火花が散った。

「……くそ」

口の中で小さく毒づき、やがて矢吹は再び腰を下ろす。不本意ではあるが、ここで短気を起こして捜査から外されるのは嫌だった。

(それに……)

思い切りふてぶてしく腕を組み、続きは胸の中で考える。

(悔しいが、蓜島の言うことは正論だ。元妻だろうが何だろうが、事件の真相に関わる重要な証人なんだぞ。容疑者との関係、事件との関連性、家庭環境に人間関係、あらゆる方面から当たっていくのは基本中の基本じゃねぇか)

そうだ、狼狽《うろた》えることなどありはしない。沙里との離婚は五年も前だし、顔を合わせたのも去年の娘の誕生日が最後だ。おまけに仕事のせいで当日はドタキャンになり、やっと祝えたのが一ヶ月もたってからだったので沙里は激怒した。

(要するに、もうすっかり無関係だ。娘のことは可愛いが、沙里とは完全に終わっている。ていうより、向こうが俺に愛想を尽かしたんだけどな。とにかく、あいつとは赤の他人だ)

実際、驚くほど彼女に未練はなかった。唯一の気がかりは小学一年生になる娘の麻利亜《まりあ》だが、仕事柄なかなか面会も儘《まま》ならない。何度か約束のキャンセルが続き、ついには入学式にさえ出られないという失態を犯した時、沙里から電話口でさんざん罵倒《ばとう》され、会話もそれきりしていなかった。連絡は最低限必要な連絡事項のみ、素《そ》っ気《け》ないメールでやり取りしている。麻利亜の声が聞きたくてたまに電話してみるが、大抵は取り次ぐどころか応答もしてもらえなかった。

「矢吹くん？　僕の声、聞こえてる？」

「え……あ」

「…………」

「……悪い。いや、すまなかった。あ、すみませんでした、か」

「だから、そうやって言い直すところが嫌みだと」

「すんません」

素直にぺこりと頭を下げると、蔵島もいくぶん鼻白んだようだ。すぐにも部屋を追い出す気配でいたのに、気勢が削《そ》がれたのか短く溜め息をついてこちらを窺う。矢吹に覚悟ができているかどうかを、見極めようとしているらしい。

「過去とはいえ、君は関係者だ。行動には、くれぐれも慎重になってほしい。今井沙里が元妻だということは、まだほとんどの者が知らないからね。知れば君の参加に異を唱える者も出るだろうが、そこは自分で何とかするんだね。今更、嫌みや皮肉でへこたれるようなキャラでもないだろうけど」

「一言余計なんだよ」

「その言葉遣い」

「細かいこと言わんでくださいよ。今のは独り言だ」

それじゃ、と今度こそ立ち去るつもりで腰を上げる。一瞬、乾島が何か言いたげに口を開いたように見えた。けれど、確信する前に矢吹は彼から目を逸《そ》らし、顎の無精ひげを撫《な》でながらドアへと向かう。

「ほんじゃ、早速アリバイの裏取りに行ってきます」

振り返らずにそれだけ言うと、返事を聞かずに出て行った。


矢吹は出て行った。振り返らずに。

心の中で事実を反芻《はんすう》し、ようやく乾島は一人になったと実感する。同時に張り詰めていた緊張の糸が切れ、思わず長い溜め息が零《こぼ》れた。

「はぁ……」

ドッと疲れが押し寄せてきて、ソファに深く埋もれる。こんなだらしない姿、誰にも見せられたものではない。もう一度視線を上げ、ぐるりと室内を見回して誰もいないことを再確認した。最初から矢吹と二人だったのだから、他に人がいようはずもない。それでも、乾島は注意深く他人の気配がないことを確かめた。それは、ほとんど習性に近かった。

「まいったな……」

右手を目の上に翳《かざ》して影を作り、小さく呟く。本当は声に出すのも憚《はばか》られたが、胸に溜め込んでおいてもろくなことにはならなさそうだ。感情を隠すのも理性で物事を進めるのも、どちらもすっかり慣れたと思っていたのに、一課へ戻ってからは徐々に揺らぎ始めている自覚がある。それでも何とか取り繕い続けてきたが、最近は少し自信がなかった。

「まさかの元妻登場とか。決まりが悪いったらないな」

苦い笑みが口許《くちもと》に生まれ、皮肉な巡り合わせだと嘆息する。それくらい、沙里については思うところがたくさんあった。けれど全ては過去のことで、よもや再び関わりをもつことになるとは想像もしていなかったのだ。

実は、蓜島は沙里と面識がある。

向こうは覚えていないだろうが、研修で矢吹と組んでいた時、あるヤクザ絡みの殺人事件を担当したことがあった。その時に、事情聴取した内の一人が彼女だったのだ。容疑者は殺害されたヤクザの妻だったが、その妹として話を聞いたのが沙里で、彼女自身も当時は別のヤクザの情婦だった。

『美人だったよな』

聞き込みの途中で休憩した公園で、矢吹は沙里のことをそんな風に言った。まさか、その後で付き合いが始まって結婚するとは思いも寄らなかった頃のことだ。ヤクザの元情婦を女房にするなんて、刑事として出世を諦《あきら》めたとしか思えない暴挙だが、結婚生活は僅《わず》か数年で破たんし、噂によれば三行半《みくだりはん》を突きつけて出て行ったのは沙里の方だったという。

「デメリットばかり引き受けて……」

本当に愚かだ、と思う。矢吹の決断も、その後の顚末《てんまつ》も、腹立たしさしか感じない。離婚の話を耳にした時期は蓜島も他部署で過酷な現実の洗礼を受けており、組織の中で理想を追求することの虚《むな》しさを痛感せざるを得なかった。だから、余計に頭にきたのかもしれない。矢吹の選択を、どうしても蓜島は認めることができなかった。

「………」

目を閉じる。五分間だけ、休もうと思う。

この間から、どうも気持ちのコントロールが利かない。弁護士だった父が病死し、事務所を継ぐために警察を辞めようとして、結局は思い留《とど》まったあの日から。矢吹と久々に共闘して、家宅侵入してきた殺人犯と対峙《たいじ》した時から。

深夜のタクシーで眠る街を眺めながら、「迷うな」と矢吹に言われた瞬間から。

2

今井沙里の事情聴取は、すぐさま一課で行われた。並行して捜査本部の置かれたN区からも数名の刑事がやってきて、矢吹たちと合同でアリバイの裏付けをとり始める。しかし、笹本のアリバイというのが「犯行時刻にはスナック『SARI』で、雇われママの今井沙里とカラオケをしていた」だけなので、捜査員たちにも今ひとつ覇気が見られなかった。

「それはそうですよ。だって、いかにも胡散臭《うさんくさ》いじゃないですか」

七月に入り、そろそろ外回りのきつい季節が近づきつつある。乾いたアスファルトに靴音を響かせながら、冬真が顔をしかめてボソリと言った。

「沙里って女性は、やっぱり笹本とデキているんじゃないですかね。子どもはいるけど離婚しているし、まだ二十九歳なんでしょう？　美人で色っぽいし、恋人がいないって感じじゃなかったですよ。笹本は、例によって愛人を複数持つような男だし」

「美人で色っぽい、ねぇ」

「あれ、矢吹さんは会ってないんですか。あ、そうか。容疑者じゃないんだからって、取調室は使わないで応接室の方で話を聞いてるんですよ」

「けどよ、麻績。もし今井沙里が笹本を助けたい一心で偽のアリバイ工作をしたんだとしたら、それはそれで問題だよなぁ」

「当たり前ですよ。このまま裁判になったら、偽証罪じゃないですか」

「そうなると、彼女の娘が心配だよな。まだ小学一年生だし」

話の方向に疑問を感じたのか、冬真が怪訝《けげん》そうに足を止める。二人はビデオが撮られていた時間に『ＳＡＲＩ』に居合わせた客を訪ねに行くのだが、矢吹の発言はまるきりそれとは関係がなく、そのくせ非常に重要な問題のような口ぶりだったからだ。

「ああ、そうか。矢吹さん、同じ年頃の娘さんがいたんですよね。麻利亜ちゃん」

「お、おう」

「じゃあ、気になっても仕方ないか。いつも、別れた奥さんに拒否られて会わせてもらえないって愚痴ってるし。そういや、今井沙里の娘さんは誰が面倒を……」

「……………」

蔵島が言うように、やはり沙里と自分の関係は知らない人間が多いらしい。どうせ時間の問題だろうが、冬真に打ち明けるべきか矢吹はしばし迷った。過去の結婚生活については断片的に話をしてあるが、詳しく語ったことはない。彼女がかつてヤクザの情婦をしていて、聞き込み捜査がきっかけで知り合ったというのはやはり衝撃的な内容だろう。

でも、とすぐに思い直した。

世慣れた態度とは裏腹に、冬真は実に性根の真っ直ぐな男だ。妹の事件がきっかけで脱サラして刑事を目指したと言う実直さといい、何の偏見もなく堂々と同性の恋人を愛する姿勢といい、矢吹から見れば眩《まぶ》しいくらいに正直な生き方を貫いている。そんな彼に、些細《ささい》なことでも隠し事をしているのは気が引けた。

「あのな、麻績」

立ち止まった冬真に向き直り、どう説明したものやらと考えながら口を開く。不思議なことに、その瞬間脳裏を掠《かす》めたのは葩島の顔だった。矢吹へ告げる際、瞳を曇らせて言い澱んだ様子が今更のように胸に迫る。事務的に事を進め、およそ感情的な言動を極力見せないようにしてきた彼が、自分のために規律を破り表情を崩したのだ。あの時は沙里だと知って驚く方が先に立っていたが、もしかしたら大事な何かを摑み損ねていたのかもしれない。

（大事な何かって……何だよ……）

柄にもなく感傷的な言葉に戸惑い、矢吹は急いで葩島を頭から追い出した。

いくら想像してみたところで、あの男の本心など到底読み切れない。近づけば反発し、互いの生きる道がはっきり分かれたことを否応もなく思い知るだけだ。そんな思いをするくらいなら、少し距離を置いた今の関係の方がマシだろう。そうして、先日の葩島宅での事件のようにたまに近づき、それぞれの立ち位置を再確認する。葩島が警察に残る、と宣言した時の高揚と誇らしさは、誰も知らなくていい。

「矢吹さん？　何ですか？」

冬真がキョトンとした顔で、こちらを見つめ返してくる。

矢吹は苦笑いでごまかし、実はな、と頭を切り替えて話し始めた。


「だから、何度も言ってるじゃない。笹本さんはうちの常連さんで、その日も夜の八時くらいにふらっと一人で来て、カラオケで盛り上がって十二時過ぎに帰ったの。ニュースで見たけど、山口って女子高生が最後に目撃されたのが八時頃の繁華街で、殺されたのはその二、三時間後じゃないかって話なんでしょ？　そうしたら、笹本さんには絶対無理だもの」

短いスカートから形よく伸びた脚を組み替え、女性は脱色した巻き髪をうるさそうにかき上げる。先日から捜査員が入れ代わり立ち代わりで何度も同じ質問をしてくるので、さすがにウンザリしているようだ。

「個人的な付き合いはないけど、あたしは笹本さんのアリバイを知っているのよ？　そしたら、知らん顔はできないじゃない。一人殺すのと二人殺すのじゃ、罪だって全然違ってくるんでしょ？　ねぇ、あたしが渡したビデオはどうなのよ。偽物じゃないってわかった？」

薄暗い店内では映える濃いメイクも、昼間の白熱灯の下では少しけばけばしい。せっかく目鼻立ちが整っているのに、これでは美貌《びぼう》も安っぽくなってしまう。

変わらないな、と遠目に彼女を見ながら、葩島は胸で呟いた。女手一つで娘を育て、雇われママとしてスナックを切り盛りしている生活は決して楽ではないだろうが、生来の旺盛《おうせい》な生命力は衰えず彼女の全身から漲《みなぎ》っている。多分、矢吹が一番に惹《ひ》かれたのもそこなのではないか、などと考え、すぐに「くだらない」と切り捨てた。

「森山《もりやま》くん、どうかな、調子は？」

「あ、これは葩島課長」

「ちょっと時間が空いたんで、同席しても構わないだろうか」

気を取り直して、一課の隅に設けられた来客用のスペースへ近づく。簡素なソファセットには不似合いな華やかさを撒《ま》き散らし、今井沙里がちらりと睫毛《まつげ》を揺らしてこちらを見た。

「ふぅん、警察にもいい男がいるんじゃないの。あたしは、今度こそてっきり……」

「今度こそ？」

「……別に何でもないわ。ね、あなたも刑事さんなの？」

恐縮する捜査員の隣に腰を下ろし、葩島は「ええ」と簡潔に答える。どうやら、沙里は自分のことを覚えていないらしい。もっとも、数年前に一度会ったきりなのだからそれも当然だった。むしろ、以前との違いをはっきり指摘できるほど鮮明に覚えている自分の方がおかしいのだと、葩島は気まずい思いを噛み締める。

「今井沙里さん、あなたが言っているのはうちの矢吹のことですか？」

「え……」

単刀直入に切り込むと、パッと沙里の顔色が変わった。こみ上げる苦さを無視して、蓜島は優雅な微笑を作る。

「失礼ですが、あなたのことを少し調べさせてもらいました。あなたと矢吹のことはまだ一部の者しか知りませんが、そういうわけですので彼は出てきません。顔見知りの方が何かと話しやすいかとは思いますが、何しろ殺人事件に関わることですから」

「ふん、どうでもいいわよ、そんなの。大体、あの人はもう他人よ。無関係よ」

「紙の上ではそうですが、簡単には割り切れない部分もあるでしょう」

「あの人がそう言ったの?」

間髪を容れずに切り返され、少し返事に戸惑った。沙里の態度は、言葉とは裏腹にさほど矢吹を嫌っているとも思えない。それどころか、彼の意向を気にかけている様子だ。

「…………」

何となく、蓜島は不愉快になった。

別れた夫婦のイザコザなど、勝手によそでやってくれと思う。気になるなら直接連絡をすればいいし、会いたければ会えばいいのだ。それを、人を介して探るような真似をするなんてバカにされている気がする。

「残念ですが、私と矢吹はプライベートな話をする仲ではありませんので」

「……まぁ、そうよね」

沙里はすぐに気の抜けた顔になり、さばさばした笑顔を見せた。

「あの人が、あなたみたいなエリートと付き合いがあるとは思えないわ。人種が違うって感じだもの。ごめんなさい、話が逸れちゃった。で、笹本さんのこと、どうなるの？　あたし、何回同じ話をすればいいのかしら。そう何度も警察に通えないわよ」

「あ、それはですね……」

ようやく出番とばかりに、捜査員が改めて説明を始める。捜査内容について詳しくは話せないが、証言の信ぴょう性を確認する意味でも複数の人間がいろんな側面から質問をさせてもらうのが通例であり、あなたの協力には深く感謝している、という紋切型の言葉を聞きながら、蓜島は静かにソファから立ち上がった。

「では、私はこれで失礼します。今井さん、ありがとうございました」

後は頼む、と捜査員に言い含め、そのまま一課を後にする。一体、自分は何のために彼女に会いに来たのかと、内心では己の行動を深く悔いていた。

「人種が違う……か」

廊下に出て人目がなくなったと同時に、ほっと息が漏れる。

確かに、傍目《はため》にはそう見えて当然だろう。キャリア組と叩き上げ、仕事に対する姿勢も信条も何もかもが矢吹とは正反対だ。かつて、束の間でも同じ方向を見ていた時があったなんて誰も思わないに違いない。

「まぁ、俺が勝手に夢を見ていただけだし」

矢吹本人ですら、知らないのだ。

蒟島が、どれだけ彼を深く尊敬していたか。

無論、一生告げることはないだろう。けれど、この身が朽ちるまで消えることのない感情なのは確かだ。そのことが、今となっては無性に悔しい。愛情や憎悪から生まれたものなら過去の世迷言《よまいごと》だと笑い飛ばせるが、理想を重ねた相手は自分の一部に等しかった。

「あ、蒟島課長。お疲れ様です」

エレベーターホールを横切った時、ちょうど開いた扉から冬真が出てきた。やあ、といつもの微笑を浮かべ、やり過ごそうとした蒟島は、彼の後ろから矢吹が現れたのを見て表情を強張《こわば》らせる。このまま一課へ彼らが戻れば、確実に沙里と顔を合わせてしまう。

「あの、君たちは聞き込みの帰りだよね」

「そうですけど」

「何だよ、改まって。俺たちに、何か用っすか？」

何も知らない矢吹が、面倒臭げに問いかけてきた。日頃、無駄な会話をしないだけに、蒟島が進んで声をかけてきた時は要注意、と刷《す》り込まれているのだろう。

「いや、用事というわけでは……」

珍しく言い澱んでいると、何かしら察したのか冬真が「もし急ぎでしたら、今から課長の部屋まで行って報告しましょうか」と言い出した。隣の矢吹はあからさまに面倒そうな顔をしたが、渡りに舟とばかりに蓜島は頷《うなず》く。

「そうだね、僕も早くケリをつけてしまいたい案件だし」

「わかりました。じゃあ、行きましょう。ほら、矢吹さんも」

「わあったよ」

渋々と同意する彼に、少しだけ後ろめたさが募った。もちろん、いろんな意味で二人が顔を合わせないのに越したことはないのだが、激しく私情が絡んでいる部分は否めない。

「蓜島課長？　どうかしましたか？」

「あ……いや、その……」

「じゃあ、急ぎましょう。矢吹さんも文句言ってないで歩いて歩いて！」

どういうわけか、冬真も早くこの場から移動したがっているようだ。まるで急《せ》かすように追い立てられ、蓜島は矢吹と共に課長室へ向かう。矢吹はやれやれと苦笑し、ちらりとこちらへ視線を流してきた。

「あー……あのな」

「え？」

「今日、夜に時間取れるか？　ちっと話したいことがある……んですが」

「僕と？　それは……構わないけど……」

思いがけない言葉に、何だろうと首を傾《かし》げる。矢吹から個人的に誘ってくるのは、「警察は辞めない」と蔚島が言った時以来のことだ。あれはイレギュラーだったと思っていたので、まさか次があるとは想像していなかった。

「ほんじゃ、後でよろしくたのんます」

ともすれば崩れそうになる敬語を使い、ぎこちなく矢吹が頭を下げた。


笹本唯史の勾留《こうりゅう》期間は、あと一週間残っている。

蔚島の根回しもあってほぼ起訴は確定されていたが、とにかく本人が黙秘を続けているので取り調べも儘ならない状態だ。地検に引き渡す前に少しでも多くの真実を、と担当刑事たちが粘ったこともあり、上限ぎりぎりの二十日間は拘禁が認められたのだった。

「もちろん、その間に第二の被害者、山口桃子さんの殺人に関与したという証言が得られれば理想的ですけどね。昼間、あなたと麻績くんから聞いた話によると、当日に居合わせた店の客も笹本が歌っている場面を見たと言っているんですよね。そうなると、少し面倒だな。ビデオに証拠能力はないけど、目撃証言は無視できませんから」

「沙里と口裏を合わせてるって可能性は？　充分ありえるだろ？」

「………」

「どうしたよ？」

複雑な顔で黙る葩島に、矢吹は怪訝な目を向ける。背後では酔客の喧騒《けんそう》や店員の威勢の良い挨拶《あいさつ》が飛び交い、有線からは古いポップスが流れていた。

「まさか、またこの店へ来ることになるとは」

十数秒の沈黙の後、不本意極まるという調子で溜め息をつかれる。確かに上等なスーツを着たエリートなど居酒屋の雑多な店内には見当たらず、葩島は激しく浮いていた。けれど、彼がここで日本酒を浴びるように飲み、顔色一つ変えずにいたのは僅か数週間前のことだ。

「まぁ、いいだろ。ここなら、お互いに気を張らずに話せる。庁内じゃ、そっちも口にできることに制限があるだろうしな。今は、あくまでプライベートだ。私語の範囲だよ」

「そっちの口ぶりからしても、そうなんでしょうけどね」

プライベートを強調するためか、そういう葩島の口調も研修時代に戻っている。意図して使い分けているのではなさそうだが、勤務時間の一線を引くような態度に比べれば気を張らずに話せるので矢吹もけっこう助かっていた。

「それにしても……」

矢吹が適当に頼んだ料理には手をつけず、葩島はビールのジョッキを傾ける。

「そうまでして、知りたいんですか。今井沙里のことを」

「ああ。私情抜きでな」

「………」

「それに、あんたを誘った後で小耳に挟んだんだが、あいつ一課へ来ていたんだろう？　あんたも立ち会ったっていう話だし、あいつが嘘を言ってないか、何か隠してる様子はないか、警視正様の目から見てどうだったのかと思ってよ」

「……困った人だな」

眼鏡のズレを直しながら、蓜島は小さく呟いた。時間差で沙里と会い損ねたのは、あの時に蓜島が矢吹と冬真を呼び止めたからだ。しかし、矢吹はその理由までは問わなかった。わざとだろうとは察したが、訊いて素直に答えるとも思えない。

一体、こいつは何を考えているんだろう――事件とは関係ないところで、矢吹の興味は急速に膨らんでいく。だが、そんなことさえも蓜島は気づいていないに違いない。

「別に俺に訊かなくても、直接訪ねて行って彼女と話せば済むことですよ」

自分が会うのを回避させたくせに、澄まして彼はそんなことを言った。

「あなたも、自分の目が一番確かだと常々うそぶいているじゃないですか。まさか、連絡先を知らないなんてことはないでしょう？」

「いや、そうできりゃ山々だけど……俺、あいつに嫌われてるからなぁ」

「ひげを剃って身なりを整えれば、態度も軟化しますよ。放っておくといかにもくたびれたおっさんですが、実際はまだ三十半ばなんですから。俺があげたシャツ、どうしました？」

「え？」

「あげたでしょう、白いシャツ。あなたが普段買っている二枚で千五百円、とかいう代物の百倍は上等なやつです。一度洗濯したら穴があくような安物ではなく。まぁ、使い捨てという観点から考えれば一回七百五十円は贅沢《ぜいたく》と言えなくもないですが、あなたの場合は穴が空いても上着でごまかして着続けますからね」

「おいおいおい、見てきたような嘘つくんじゃねぇよっ」

この調子で次々に私生活を暴露されてはたまらないと、慌てて矢吹は遮った。だが、どうして乾島がそこまで詳しいのか不思議でならない。今は顔を突き合わせて飲んでいるが、公私共に互いのテリトリーには踏み込んでいないはずだ。

「そんなの、少し注意していれば丸わかりです。麻績くんも、常々憂えているようだし」

「……まぁ……嘘、じゃねぇけどよ……」

「くだらない話で脱線しましたね。すみません、お代わりください」

ダン！　と勢いよくテーブルに空のジョッキを置き、近くの店員へ声をかける。相変わらず強いな、と感心していたら、「何か？」とジロリと睨まれた。

「俺は忙しいんです。さっさと本題に入りましょう。今井沙里は、笹本との関係を全面的に否定しました。それはそうでしょうね。自分の証言に信憑性がなくなりますから」

「ああ、俺たちが聞き込んだ線でも、それはないって話だったな。ただ、俺と麻績が張り込んでいた笹本の愛人、菊池亜弥《きくちあや》には疑われていたみたいだ。一度だか、店まで亜弥が乗り込んできて取っ組み合いになったって話だったよ。……ったく、何やってんだか」

「そうですね。一児の母がやることじゃない」

「………」

「麻利亜ちゃんは、沙里の母親が面倒を見ているようです。ご存知でしたか？」

話題が子どものせいか、少し口調を和らげて䓷島が尋ねてくる。矢吹が「まぁな」と頷く間に、キンキンに冷えた中ジョッキが運ばれてきた。

「離婚した後、実家に戻ったんだよ。沙里は働かなきゃなんねぇし、あの性格だから昼間の仕事は長続きしなくてよ。俺もできるだけ養育費は振り込んでるが、金はいくらあったって余ることはねぇしな。まぁ、麻利亜のことは可愛がっているようだから……」

「ええ。仕事で年中留守にして、服もろくに着替えないような父親じゃいてもいなくても同じかもしれないですからね。大方、離婚理由もその辺りでしょうし」

「沙里、何か言ってたのか？」

嫌な予感に捕らわれておそるおそる訊き返すと、無表情にジョッキを傾けた後、䓷島がやれやれと言うように軽く息をついた。

「事件内容とは無関係ですが、あなたのことを訊いてきましたよ。一課なら矢吹って刑事が出て来るかと思ったけど違うのね、とか何とか。彼はあなたの関係者なので、と俺がやんわり説明すると、もう他人なのに？　と真顔で言われました」

「…………」

「バカですね、傷口を自ら抉《えぐ》るような真似をして。こんな話が聞きたくて、俺を無理やり連れてきたんですか。やっぱり、私情が入りまくりじゃないですか」

容赦ない言葉を浴びせられ、矢吹はそのまま押し黙る。葩島が憐れんだ顔を見せないだけ救われるが、その分かなり辛辣《しんらつ》だった。もともと沙里との結婚には良い感情を抱いていないようだったし、それ見たことかと思っているのかもしれない。

「おまえさ」

そういえば、機会があったら訊いてみたいことがあった。八つ当たりのようにグイグイ飲んでいる葩島へ、矢吹はかねてから抱えていた質問をぶつけてみる。

「俺が結婚したってハガキ出した時、バカだって返してきただろ？」

「え……」

ピタリと、ジョッキを持つ手が止まる。その反応だけで、彼がしっかり覚えているのは明らかだった。普通は祝辞を返す場面で「バカ」呼ばわりしたのだから、忘れられていたら逆に切ないところだ。

「俺、ずっと考えてんだけどよ」

「…………」

「あれ、どういう意味だったのかそろそろ教えちゃくれねぇかな」

「お断りします」

間髪を容れずに拒否され、おお？　と面食らう。まさしく、取りつく島がないとはこのことだった。蔻島は再びジョッキを傾けると、ぐびぐびと半分ほどをいっき飲みする。あまりの勢いに呆気《あっけ》に取られていると、冷ややかな視線が眼鏡越しに向けられた。

「それが、今回の事件と何か関係あるんですか。あなたはバカな結婚をした、そう思ったから素直に書いたまでです。美人に弱いからか義俠心《ぎきょうしん》が働いたのか、あるいは誘惑されてホイホイ飛びついたのか……そんなのは、もうどうでもいい。とにかく、俺はあの言葉を撤回する気はありません。大体、そのお蔭で今面倒なことになっているんですよ？　少しは、その自覚を持ったらどうですか。いつまで、そうやってとぼけているつもりです？」

「え、俺が何をとぼけてるって？」

「本当は未練でいっぱいなくせに。やせ我慢するなってことですよ」

「やせ我慢……」

まったく身に覚えがなかったので、何て返せばいいのか言葉が見つからない。それより、蔻島のことが心配だった。彼はアルコールに滅法強いはずだが、正気でいたらこんなにベラベラと調子よく心情を吐露するわけがない。

「おい、蓜島。おまえ大丈夫か？」

「は？　俺の心配なんて無用です。あなたは、自分のことだけ考えていればいいんです。自分と、元妻と、可愛い娘さんと。失ったものを取り戻す術《すべ》を、真面目に考えていれば」

「ちょっと待てよ。俺は、沙里とやり直す気なんかねぇぞ？」

「………」

さすがにたまりかねて否定すると、唐突に蓜島は沈黙した。あれだけまくしたてていたくせに、項垂《うなだ》れたままネジが切れたように動かない。今度はどうした、とテーブルに乗り出して様子を窺うと、いきなりパッと顔が上がって至近距離から睨まれた。

「帰ります」

「え、おい、待てって。まだ、肝心の話が何も進んでねぇだろが」

「肝心の話って何ですか。今井沙里は、笹本と肉体関係はないと否定。報道を見て山口桃子さんが殺されたと思われる時刻に彼が来店していたことを思い出し、事実を告げようと警察へ当日録画したビデオのデータを持って訪れた。それ以上のことは聞き出せていないし、笹本はその話を聞いても無反応です。彼だけは、本当に何を考えているのかわかりません。このままだと、裁判でも黙秘を続けそうな勢いです」

「いや、だからさ、おまえの目から見た沙里の様子を……」

「偽証を疑っているんですか？」

ストレートに問い返され、仕方なく「そうだ」と肯定する。蒄島はまた沈黙し、やや冷静さを取り戻したのか、小さな声で素っ気なく呟いた。

「顔が近いです。引っ込めてください」

「お……おお、悪ぃ」

「それと、いくらプライベートの場でも捜査に関わることを私見や印象では話せません」

「固いこと言うなって。たまには、第六感ってやつを信じてみろよ。おまえだって、警察官の端くれだろうが。刑事の勘、バカにしたもんじゃねぇぞ」

「相変わらず、最後はそれですか。俺の質問ははぐらかしたままなのに、一体何を聞き出そうと言うんです？　生憎《あいにく》ですが、俺には刑事の勘なんて備わっていません。そんなものを磨くヒマがあったら、昇進試験のために勉強してきましたから」

言うなりおもむろに椅子から立ち上がり、彼は数枚の札をテーブルに置く。だが、ここで引き下がってはわざわざ誘ったのが無意味になってしまう。矢吹は倣って席を立つと、蒄島の胸元に掴んだ札を押し付けた。

「せっかくだが、俺が誘ったんだからここは奢《おご》る」

「あなた、全然飲んでないじゃないですか」

「蒄島、おまえが沙里との結婚に反対だったのはよくわかった。けどな、その理由が釈然としねぇんだよ。あいつがヤクザの情婦だったからか？」

「…………」

一瞬、相手の顔に朱が走る。蔀島は何も言わず踵《きびす》を返すと、逃げるように店から出て行った。矢吹は自分の財布から数枚の札を店員に渡し、自分も急いで後を追う。外へ出るなり、温《ぬる》い初夏の夜気が待ち構えたように全身を包み込んだ。

「おい、蔀島！　おい！」

いくら呼んでも蔀島は振り返らず、右手を挙げてタクシーを呼び止めようとする。その手首を摑み、半ば強引にこちらへ振り向かせた。

「おまえな、今夜は一体どうした？」

「……離してください」

「ああもう、何をカリカリしてんだよ。悪いが、俺にはさっぱりだ。そりゃ、もともと俺たちの関係は良好とは言えねぇし、俺はおまえのエリート然とした顔が苦手だよ。見ると無性に向かっ腹がたって、くだらん嫌みを言いたくなっちまう。けど、今夜のおまえは明らかにおかしいぞ？　沙里の話のどこが、そんなに気に障るんだ？」

「別に……気に障ってなんか……」

「じゃあ、いつもと同じだって言い張る気かよ？　くそ、意味わかんねぇな」

「わからないなら、放っておいてくださいよ！」

摑んだ手を乱暴に振り払い、酛島が激高する。通りすがる人々がギョッと視線を向け、矢吹は慌てて「落ち着け」と小声で窘《たしな》めた。

「まさか、おまえ酔ってんのか？　あれくらいで？」

「酔っていません。ただ、あなたと話していると苛々《いらいら》する」

「…………」

「いいんです、あなたのせいじゃありません。これは、俺自身の問題だ。だから、矢吹さんにどうにかしてもらおうとは思っていない。俺が、自分で葬らなきゃいけない感情だ」

「酛島……」

痛々しく言い訳をする姿に、これがあの酛島かと、矢吹は信じられない思いだった。生意気で自信家だった新人時代、穏やかな微笑で感情を読ませない現在と、彼のことは長い時間見てきたつもりだが、こんなに感情を露《あら》わにした顔は初めて見る。しかも、そうさせたのは――恐らく自分だ。

「葬るって……何のことだ……？」

他に訊くべきことはある気がしたが、気づいたらそう口に出していた。酛島が苦々しげに瞳を歪《ゆが》め、後悔に塗り潰《つぶ》されそうな様子で横を向く。夜道を走る車のヘッドライトが、幾つも瞬《またた》いては端整な横顔を眩しく染めていった。

「おい、酛島。もうダンマリは通用しねぇぞ。てめぇの澄まし顔も見飽きた。ここまでぶちまけたんなら、最後まで責任持て。おまえ、本当は俺にどうして欲しいんだ？」

「ずいぶんな言い草だ……」

「俺は、おまえの本音が聞きたいんだよ！」

気持ちが急き、今度は矢吹の方が声を荒げた。通行人の目など知ったことじゃない。大切なのは、この場から蓜島を逃がさないことだ。この恐ろしくプライドの高い、自意識の塊のような男を捕まえるとしたら、今しかない。

「おまえが上司になって戻って来た時、俺は以前のように同じ方向を見て走れるものだと勝手に思っていた。けど、違ったよな。おまえには警視正という肩書きと立場があって、そんな青臭い考えじゃ通用しねぇんだって俺もすぐに悟った。けど、それだけか？　おまえが変わったのは、本当にそれだけが理由だったのか？」

「………」

「答えろ、蓜島！　俺は、どんな答えが出てこようが腹を括《くく》ってるぞ！」

一歩距離を詰め、言い募る。それでも、蓜島は頑《かたく》なに唇を引き結んだ。

「蓜島！」

かつてないほどの焦燥が、矢吹の胸で荒れ狂う。歯がゆさやもどかしさを通り越し、力ずくでも唇を抉《こ》じ開けて本音を吐かせたい衝動にかられた。蓜島に対して、ここまで激しい感情を抱くのは初めてだ。それは、理性すら押し流しかねない強い願望だった。

「くそ……何なんだよ、おまえは……ッ」

吐き捨てるように呟き、ぐっと拳《こぶし》に力を込める。

だが、次の瞬間、矢吹はそのまま固まった。

ほんの数秒、もしかしたら瞬きする間ほどの時間、蓜島が身体《からだ》を寄せてきたからだ。凭《もた》れるように胸に額を当て、彼は口の中で何か囁《ささや》く。だが、こちらが反応するよりも早く、もう二人の距離は離れていた。

「お、おい、蓜島……」

「今夜は、素直に奢られます。では、おやすみなさい」

「え、ちょ、待てよ！」

まるで何もなかったような素振りで、蓜島は空車のタクシーを止める。何を言っても無駄なのは、振り向かない背中を見れば明らかだった。唖然《あぜん》とする矢吹を置いて、彼を乗せたタクシーは走り去っていく。途絶えていた夜の雑踏が蘇《よみがえ》り、握った拳は痺《しび》れて麻痺《まひ》していた。

「おい……」

半ば放心状態で、矢吹はその場に棒立ちになる。

最後に蓜島が囁いた言葉が、不可解な熱を帯びてぐるぐる頭の中を回っていた。

3

カラオケのモニターを前にして、青年がマイクを片手に気障《きざ》な歌い方で悦に入っている。リズムに合わせて身体を揺らす沙里が、時折カメラの方を向いてVサインしたり手を振ったりしていた。一見何の変哲もない、ごくありふれた光景だ。青年と沙里の盛り上がりをよそに、店内の客はビデオを回している人物くらいしかいないようだが、不景気な昨今、平日の夜ならこんな日も珍しくないのだと沙里は愚痴っていたらしい。

「あれ、矢吹さん。また見直してるんですか、そのビデオ」

パソコンの画面を食い入るように眺めていたら、冬真が屈託なく話しかけてきた。現物は鑑識で保管されているので、コピーをデータで送ってもらったのだ。もし、沙里の証言に嘘があるとすれば、必ずこの画像のどこかで見つけられるはずだと思った。

「でも、難しいですよね。どうと言って特徴のない画像だし、昨日俺たちが聞き込みに行ったのってこのビデオを撮った人でしょう？　彼も、いつもと同じように飲んで歌って、普通に過ごしただけだって言ってたし。話に矛盾でも出てくれば、崩しようもあるんですが」

「まぁなぁ。このままだと、二番目の殺人については他で証拠固めしねぇと追起訴が難しくなるかもしんねぇぞ。それじゃあ、被害者が浮かばれないだろ」

「じゃあ、矢吹さんは沙里さんが嘘を言っているんだと考えているんですね？」

「………」

冬真の言葉に、思考が一瞬で昨夜に逆戻りする。「偽証を疑っているんですか」と尋ねてきた、蔀島の顔が脳裏に浮かんだ。続けて、別れ際の謎めいた行動。わからないなら放っておいてくれと叫んだ、悲痛な声まで鮮明に覚えている。

「矢吹さん？　もしもし？」

「え……あ、悪ぃな。どうした？」

「いや、いきなりボーッとするから。大丈夫ですか、疲れてるんじゃないですか？」

「心配すんなって。そんなにヤワじゃねぇよ」

「でも……顔、赤いですよ。熱があるのかも」

「へ……？」

まったくの無自覚だったが、言われてみれば何だか顔が熱かった。いやいやいや、と己の変化に狼狽《ろうばい》し、急いで雑念を追い払う。何が悲しくて蔀島のことで赤くならなきゃいけないんだと、自分が信じられなくなりそうだった。

「成る程ね。笹本は、こうやって女性を口説くわけか」

やれやれと溜め息をついていると、横から冬真が感心したような声を出す。どういう意味だ、と目で問いかけると、傍らから画面を覗き込みながら彼は言った。

「矢吹さんは知らないかもしれませんが、笹本が歌っている曲、若い子に最近人気のユニットが歌っているんですよ。選曲が良ければ、それだけカラオケで盛り上がれますからね。いくら見た目が若くても、笹本は三十でしょう？　金持ちでもない限り、女子高生をナンパして二人きりになるところまでもっていくなら中身もそれなりに若くないと」

「はぁん、そんなもんかね」

「これは新曲だな。確か、先月出たばかりだったんじゃ……」

「ちょっと待て」

ふと、小さく鍵の外れる音がした。それは直感という名の、ごくごく控えめな音でしかなかったが、矢吹はやおら椅子から立ち上がると真剣な顔で冬真に向き直る。

「なぁ、カラオケってのは配信日があるよな？」

「え？　ええ、そうですね。俺も最近はご無沙汰《ぶさた》だから、詳しくはないけど」

「この曲が先月出たばかりなら、カラオケに配信されたのは何日になる？」

「あ！」

たちまち冬真も顔色を変えた。彼は弾《はじ》かれたように自分のパソコンに向かうと、「すぐに調べます！」と声を張り上げる。近くにいた他の刑事たちも、騒然とする空気につられて数名が集まってきた。

「トップアーティストやリクエストの多いものは、発売直後に即配信っていうのも珍しくないですけど……このユニットはどうだったかな……」

「第二の殺人は、第一の殺人の四日後だ。どちらも五月の下旬、最初が五月二十三日、次が五月二十四日。沙里の証言によれば、このビデオが撮られたのが二十四日の夜だ」

「カラオケの配信元は、確か報告書に記載されていましたよね」

冬真の言葉に、近くの刑事がすぐさまメジャーな配信会社の名前を諳《そら》んじる。ネットで連絡先を検索し、曲名の確認を取ってから、彼は手際よく電話回線に切り替えた。問い合わせの電話に先方は快く回答し、そのやり取りを一同は固唾《かたず》を呑《の》んで見守る。

「わかりました！　矢吹さん、ビンゴですよ！」

「てことは……」

「この曲が配信されたのは、五月二十五日です。つまり、犯行の翌日です！」

「よっしゃあ！」

わっと、その場が歓喜に包まれた。これで、沙里の申し立てた笹本のアリバイは完全に崩れたのだ。現在も笹本の取り調べは続けられており、何人かの刑事が担当者へ報告するために急いで出て行った。

「笹本、何か話しますかね」

「さぁなぁ。でも、とりあえず俺は別で動かねぇと」

「あ……そう……でしたね……」

喜色満面だった冬真の表情が、心なしか気まずげに曇る。気を遣ってんじゃねぇよ、と苦笑して小突き、矢吹は胸の中で溜め息をついた。

「そんじゃ、悪いがちょっと席を外すぞ」

「あの、蔵島さんには……」

「言ったら、〝待った〟がかかるに決まってんだろ。そもそも、俺は彼女の担当はするなって釘を刺されてんだ。捜査チームから外されなかっただけ、めっけもんなんだしな」

「矢吹さん……」

それでも、今度ばかりは会わないわけにはいかないのだ。

沙里がどうして嘘のアリバイ工作をしたのか、その行為がどんな結果を生むのか、彼女と直接対峙して話さなくてはならない。それは刑事としてではなく、一度は「病める時も健やかなる時も」と誓い合った相手としてだ。

(麻利亜のこと、ちゃんと相談しねぇとな)

殺人事件のアリバイ工作となれば、実刑を免れないかもしれない。そうでなくても、今まで通りの生活というわけにはいかないだろう。その辺、沙里がどう考えているのか確認しなくてはいけないし、何より幼い娘の心に傷がつかないよう配慮しなくてはと思う。

皮肉なものだ、とふと自嘲《じちょう》の笑みが浮かんだ。あんなに娘に会いたいと願い、ようやくそれが叶《かな》うかもしれないのに、名目が母親の逮捕だなんて悪い冗談だ。

「──矢吹くん」

エレベーターが到着し、無人の箱へ乗り込んだ瞬間、背後から声をかけられた。振り返らなくても、相手が誰だかはわかっている。矢吹は黙ったままクローズのボタンを押したが、閉じかかった扉に手がかかり、声の主がためらいなく踏み込んできた。

「せっかちだな」

今度は自分の手でクローズのボタンを押し直し、蓜島が小さく抗議する。

「おまけに、上司の命令無視だ。今井沙里には、接触しないようにと言ったはずだよ」

「もう耳に入ってんのか、アリバイ工作の件」

「当然だろう。良かったよ、タイミングがぎりぎりで」

「え?」

「……マスコミが嗅《か》ぎ付けた。危うく、記事のタイトルに『冤罪か?』の文字が出るところだったよ。まぁ、その代わり『笹本の新愛人、アリバイ工作に協力』なんて煽《あお》りに差し替えになっただけだけど」

「最悪だな」

「そうだね……最悪だ」

下降する箱の中で、彼は言葉少なに同意した。本当に沙里が笹本の愛人だったのか、真偽などはマスコミにとってどうでもいいのだ。よりスキャンダラスな内容であれば、世間は喜んで記事に飛びつく。まして、今回の犯罪は凄惨《せいさん》な連続殺人だ。笹本は罪もない女子高生二人を快楽のために絞殺し、逮捕された後も反省の色ひとつ見せない。そこへもってきてアリバイ工作となれば、極刑を望む声が高まるのは必至だった。

「……あのよ」

「何?」

間もなく一階のエントランスに着く、というところで矢吹は思い切って口を開く。蓜島は見事に普段と変わらない顔で、眼鏡越しの瞳も冷静そのものだった。

「おまえ、もしかして付いてくる気か?」

「刑事の単独行動は厳禁だよ。まして、逮捕に向かうなら尚更《なおさら》だ」

「いや、建前はそうだろうけどよ、相手は沙里だぞ」

「窮鼠《きゅうそ》猫を嚙む、の喩《たと》えもある。それに、今回のアリバイ工作、彼女一人で考えたものとは限らないじゃないか。そのことは、矢吹くんだって気づいているんだろう?」

「………」

「あのビデオが犯行翌日のものなら、店内に居合わせた客の証言も嘘ってことだ。つまり、君と麻績くんが昨日聞き込みで会った人物は共犯者だよ。ビデオを録画していたのも彼だから、ほぼ間違いないだろうね。今井沙里の愛人は笹本じゃなく、そっちだと思う」

まさしく矢吹の推測通りの言葉を述べ、ただし、と蓜島は続ける。

「動機が、まったくわからない。どうして、彼らは笹本の罪を少しでも軽くするような小細工をしたんだろう。そもそも、本気でアリバイをお膳立《ぜんだ》てしてあげるつもりだったんだろうか。あんな脆《もろ》い工作、バレるのは時間の問題だったはずだ」

「笹本は黙秘を続けているんだよな？」

「そうだね。関心もないようだった。芝居とは思えないし、彼は今井沙里には個人的な興味はないと思う。大体、もし二人が肉体関係をもっていたら、ビデオの中でももう少し羽目を外していたはずだ。だから、僕は初めから二人に特別な関係はないと思っていたよ」

「へっ、よく言うぜ。初っ端《しょっぱな》に俺にその話を振って、反応を窺ったくせによ」

呆れて憎まれ口を叩くと、彼は横顔でふてぶてしく微笑《ほほえ》んだ。

やれやれ、と矢吹は嘆息する。

蓜島は、つくづく不思議な男だ。昨晩あれほど感情的に振る舞い、一瞬とはいえ自ら触れてきたくせに、今日は何もなかったような様子で澄ましている。そのくせ、エレベーターのボタンを押す指先が微《かす》かに震えていたことを矢吹は見逃さなかった。多分、今も本心は緊張に包まれているに違いない。どんなに表情を取り繕おうと、何故《なぜ》だか彼の心の動きが手に取るように伝わってきた。

「蓜島、おまえ……」

矢吹の言葉を遮って、軽快な音と共にエレベーターの扉が開く。聞こえていないはずはないのに、蓜島はちらともこちらを見ずに先に降りた。

「どうした、矢吹くん。行くよ」

「……おう」

おまえ、俺の言葉遣い咎めないのな。

そうツッコんでみたら、顔色を変えさせることができるだろうか。

試してみたい気持ちは山々だが、それは後の楽しみにしておいた方が良さそうだ。まずは沙里との件にカタをつけてしまうのが先だ、と矢吹は頭を切り替えた。


「とぼけてんじゃないわよっ！　畜生、あんただけは絶対に許さないからッ！」

金切声の罵声と共に、店内から物の割れる音がする。沙里の悲鳴、家具の倒れた振動と続き、スナック『ＳＡＲＩ』の前まで来た矢吹と蓜島はギョッとして顔を見合わせた。

「やめてよっ。あんた、頭おかしいんじゃないのっ」

「うるさい、この泥棒猫！　アバズレの子持ちのくせに、いい気になりやがって！」

「だから、知らないって言ってんでしょっ！」

荒い息遣いと罵《のの》り合う声は、逃げ回る沙里をもう一人が追いかけているからだろう。他に声は聞こえなかったので、恐らく沙里と争っているのは一人だ。矢吹は急いで中へ飛び込むと、床の上で取っ組み合っている女性二人を引き剝《は》がしにかかった。

「おい！　おまえら、いい加減にしろ！　ほら、とりあえず離れろって！」

「うるさいっ！　関係ない奴は出てって！」

「関係ならあるぞ。俺は警察だ。今あんたがひっぱたこうとしている今井沙里に、重要な用件があってきた。邪魔すると、公務執行妨害で一緒に逮捕するぞ」

「けい……さつ……？」

沙里に馬乗りになっていた女性が、振り乱した髪の隙間からジロリと睨みつけてくる。栗色に脱色したセミロングと、露出度の高い派手なワンピース。擦《こす》れて頰《ほお》まで滲んだ口紅は、今どき珍しいほど明るい赤だ。彼女のことは、矢吹もよく知っていた。表で声を聞いた時から、もしやとは見当をつけていたのだ。

「菊池亜弥さん……だね？」

「………………」

名前を呼ばれた途端、亜弥は表情を強張らせた。だが、笹本逮捕の際にさんざん調書を取られているせいか、すっかり警察にも慣れたのだろう。すぐに強気な顔を取り戻し、まるで挑発するように言い放った。

「そうよ、笹本の三番目の愛人よ。文句ある？」

「文句はないけど、とりあえず退《ど》こうか。あまり見目良い光景じゃないからね」

「ちょ、ちょっと何よ、あんた！」

反対側から二の腕を摑まれ、彼女は驚いてそちらを向く。萢島は場違いなほど優雅な佇《たたず》まいで、柔らかな微笑を浮かべながら言った。

「暴行の現行犯ですね。他にも、あなたには訊きたいことが山ほどありますが」

「嫌よ、放してよっ。あたしじゃないわ、この女が悪いんだからっ。人がせっかく笹本の悪事を暴いてやったのに、おかしな小細工なんかしようとしてっ！」

「うん、それは警察でみっちり調べるから安心しなさい。あんまり言うこと聞かないと、あなたの不利になるかもしれませんよ。いいかな？」

「………………」

口調や態度は柔らかいが、眼差しには有無を言わさぬ迫力がある。矢吹まで一緒に怒られている気分になり、亜弥同様に激しい気後れを感じてしまった。

「矢吹くん、何してるんだ。さっさと今井さんを起こして」

「あ、いけね」

「その女はね、あたしへの嫌がらせに警察へビデオを持ち込んだのよっ。でも、笹本に色目使ってたのは事実だし、誰に振られようが自業自得じゃないのっ」

「そんなの、知らないって言ってんじゃないのっ。何よ、この被害妄想女ッ！」

「何ですってぇ！」

助け起こそうとした矢吹の手を振り払い、怒りの収まらない様子で沙里が怒鳴り返す。すぐさま亜弥が飛びかかろうとしたが、蓜島が羽交い締めにしてそれを止めた。女二人の掴み合いはこうして何とか中断させられたが、改めて見回すと店内は悲惨の一言だ。テーブルや椅子が引っくり返り、酒のボトルやグラスは床に散乱し、造花の薔薇《ばら》が踏み潰されてまるで鮮血が飛び散っているような有様だった。

「すげぇな……」

「ちょっと、いつまで人の身体触ってんのよ。この変態っ」

「おい、元亭主に向かって変態はねぇだろっ」

「今は他人でしょ。第一、あんたはあたしを捕まえに来たんじゃないの？」

え、と答えに窮していると、よろよろ立ち上がった沙里は開き直った態度で腕を組んだ。

「わかってるわよ。どうせ、アリバイ工作がバレたんでしょ。そうでもなきゃ、あんたがここに来るはずないもの。いいのよ、すぐ嘘だとわかると思ってたし」

「沙里……おまえなぁ……」

「小野塚《おのづか》さん、言ってたわ。それでも、数日は警察も手こずるだろうって。あたしの証言がいくら胡散臭くても、ビデオ撮りが犯行日時と被《かぶ》っていない、と証明しないままで起訴したら、善意の一般市民の証言を警察が無視したことになるんだからって」

「偽証しといて、何をバカな理屈こねてんだっ。そんないい加減な証拠がまかり通ったら、司法の意味がねぇだろうがっ！　そもそも、おまえ麻利亜のことは考えてんのか？　おまえが実刑受けて傷つくのは、麻利亜なんだぞ！」

「それは……」

「母親が前科持ちだなんて、麻利亜の人生をめちゃくちゃにする気なのかっ？」

さすがに、それを言われては黙るしかないらしい。沙里は青ざめた顔を急いで矢吹から背けると、依然として蓜島に動きを制限されている亜弥をねめつけた。

「ね、この人も捕まるんでしょ？　ふん、いい気味だわ。この女の被害妄想のせいで、あたしは浮気を疑われて婚約破棄されたんだから」

「婚約……破棄？　おい、俺は聞いてねぇぞ？　おまえ再婚するのか？」

「バカね、聞いてなかったの？　破棄されたって言ってるでしょ！」

苛々と声を荒げ、彼女は全てをぶちまける。

「お店の常連で、真面目だしよく稼ぐ良い人でさ、せっかく幸せになれるとこだったのに台なしにされたのよ。そりゃあ笹本さんはいい男だけど、定職にも就かないろくでなしじゃないの。誰が、あんな変態の殺人犯、相手にするもんですか。それを……」

「嘘よ！　嘘だ！　あんたは、笹本を誘惑したのよ！」

今にも噛みつかんばかりの勢いで、亜弥が獰猛《どうもう》な目つきで睨み返した。そろそろ蓜島も持て余し始めたのか、いくぶんウンザリした様子で溜め息をついている。しかし、ここで自分たちが気を緩めたら今度こそ造花ではなく血を見ることになりそうだ。

「小野塚っていうのは、ビデオを撮っていた客だね。すると、今井さんは彼と付き合っていたわけじゃないのかな？　もしや、菊池亜弥さんに腹いせしたいと思ったところを利用されたってことか。ふぅん……興味深いね」

「腹いせ？　そういや、笹本との仲を疑われて店へ乗り込まれたことがあったんだったな。あれが原因で、おまえ男に振られたのか」

「そうよ、悪い？　お蔭で、麻利亜も新しい父親を失ったってわけ。こんなこと許せる？」

「………………」

許せるも何も、麻利亜に自分以外の父親ができそうだったという事実だけで、矢吹にはかなりのダメージだ。思わず言葉を失っていると、蓜島が代わりに質問を続けた。

「小野塚は、どうして沙里さんをそそのかすような真似をしたのかな。大体、笹本のアリバイ工作をすることが、菊池亜弥さんへの復讐になるってどういう意味？」

「それは……」

「言い難いなら、僕が言おうか。菊池亜弥さんが警察に提出し、笹本逮捕の決め手になった犯行に使用されたスカーフ。あれ、本当はプレゼントじゃないいんだろう？　笹本のところから、亜弥さんがこっそり盗み出したんだよね？」

「………」

畳み掛ける葩島の言葉に、亜弥は目に見えて狼狽している。動揺に目が泳ぎ、勝ち気だった表情はたちまち崩れ去った。沈黙は守っているものの、これでは全面的に肯定しているのと変わらない。矢吹も（もしや）と勘繰ってはいたが、やはり想像は間違ってはいなかったようだ。

（そういう……ことかよ）

逮捕の時から、ずっと引っかかっていた。快楽殺人者である笹本が、どうして凶器のスカーフを容易《たやす》く亜弥へあげてしまったのか、と。唯一無二の恋人でもなく、数多《あまた》いる愛人の一人に過ぎなかった彼女を、特別扱いしていた理由は何だったのだろうか——と。

だが、真実は違っていた。

亜弥を笹本の『特別な存在』に印象づけていたのは、彼女自身だったのだ。恐らく、笹本の犯行には薄々気づいていて、隠していたスカーフも内緒で見つけ出したのだろう。警察に監視されているのを知った亜弥は、わざと目立つようにスカーフを身に着けた。そうして、尾行する刑事たちを誘導するように深夜の逢引《あいびき》きへ出かけたのだ。

「悔しかったのよ……」

力なく項垂れ、亜弥は赤裸々な思いを吐き出していく。

「どんなに尽くしても、笹本はあちこちで浮気ばかり。いろんな女にいい顔して、つまみ食いしちゃ揉《も》め事をしょっちゅう起こしてた。首を絞めるのだって、あたしがいくらでもさせてあげてたのに。あいつ、あたしじゃ勃たないって言いだして」

「それで、今井沙里さんとの仲も疑ったんだね？」

「笹本はね、女が放っておかないの。ちょっと話しただけで、すぐ女の方が夢中になっちゃうのよ。この店にはよく顔を出してたし、何かあると思うのは当然じゃないの。それを、さも破談になったのがあたしのせいみたいな言い方して。汚いのよ！」

「何ですって……」

しつこく絡まれて、サッと沙里が青ざめた。しかし、まともに相手するのはバカバカしいと悟ったのか、今度は摑みかかろうとはしない。その代わり矢吹の方へ向き直ると、真っ直ぐに目を見据えて口を開いた。

「わかってる。バカな真似をしたって」

「沙里……」

「結局、あたしは母親になりきれなかったのよ。あんたが好きだったから子どもを産んだけど、女としての幸せを諦めきれなかった。だから、結婚話がダメになった時、麻利亜のことを考えるより先にその女への腹いせで頭がいっぱいになっちゃったの」

「…………」

「そこの二枚目の刑事さんが言う通りよ。小野塚さんは以前からの常連で、この店で笹本さんとも親しくなったの。小野塚さんは四十超えてて年も離れてるし、どこでウマが合ったのかは知らないけど、二人でよくつるんで飲み歩いたりしていたみたいね。だから、笹本さんが逮捕されたことにもかなりショックを受けていたようだった」

そう言ってから、沙里は無自覚に衝撃的な事実を口にする。

「笹本さんが捕まったって聞いて、小野塚さん言ったのよ。〝つまんないな〟って。一緒に遊ぶ相手がいなくなったって。そのすぐ後よ。〝笹本くんに今まで楽しませてもらったお礼に、彼にもわかるような形で何かやりたい〟って。あたし、人殺しとかやめてねって冗談で言ったの。まぁ、小野塚さんはおとなしくて殺人なんてできるタイプじゃないけど」

「なん……だって……」

「そしたら、今回のアリバイ工作を提案されたのよ。そこの被害妄想女は笹本を告発していい気になってるようだし、ちょっと水を差してやろう、くらいな気持ちだった。すぐバレるくらいのものなら、悪ふざけの範疇《はんちゅう》で重篤な罪にはならないだろうって言われて……」

「このバカがッ！」

「きゃっ」

思わず矢吹はカッとなり、反射的に右手を振り上げた。しかし、平手が彼女の頬に当たる前に、素早く蓜島に手首を摑まれる。お蔭で瞬時に我に返り、かろうじて殴ることは避けられた。

「気持ちはわかるけど、落ち着いて」

「……ああ」

言葉短かに諭されて、不思議なほど頭が冷静になる。そうだ、ここは仕事の場だ。どんなに沙里を情けなく思おうと、刑事の立場を踏み越えてはいけない。

「そうだった……ありがとうな、葩島」

素直に礼を言うと、手首からゆっくり指が解《ほど》かれた。それを束の間、物足りなく感じたのは気の迷いだったろうか。だが、意識する前に葩島の視線は矢吹から逸れ、蒼白《そうはく》になっている沙里へ向けられた。

「大丈夫ですか。驚かせてすみません」

「へ……平気よ。ううん、いっそ叩いたって良かったのよ」

「…………」

「あたし、この人の中途半端な優しさに我慢できなかったんだから。結局、あたしと結婚したのだって半分は同情みたいなもんじゃないの。ヤクザの情婦やってて、無理やりクスリ打たれそうになって助けてって飛び込んだら、そのまま嫁にしてやるって何それ」

「へー……」

葩島らしからぬ、ずいぶんと気の抜けた声が漏れる。こんな場所でいきなり何を語り出しているんだと、矢吹は慌てて二人の間に割り込んだ。

「おいこら、沙里！　てめ、関係ない話してんじゃねぇよっ」

「だって本当のことじゃないの。あんたと結婚したのは、大失敗だったわ。そもそも、あんたに結婚生活は無理なのよ。何さ、人のこと放ったらかしで事件だ逮捕だって。おまけに、あたしはずっと肩身が狭かった。刑事の女房に元ヤクザの情婦って、笑えないくらい悪趣味よねぇ。あんたはあたしを救い出したつもりかもしれないけど、嫁にすることはなかったのよ。そもそも、刑事やめるくらい惚《ほ》れてたわけじゃないくせに！」

「お……おまえなぁ……」

「あたしと結婚するなら、刑事やめる覚悟でいてほしかったの！」

「………」

「でも、あんたは考えもしなかったでしょ。そういうことよ」

それは、初めて耳にする沙里の本音だった。

仕事にまい進して彼女を構うことができず、それが離婚を切り出された原因だと思い込んできたが、そんなに単純なものではなかったのだ。真実はもっと根深く、結婚へ踏み出した瞬間から捩じれていた。そのことに、矢吹一人だけが気づかずにいた。

「〝あなたはバカだ〟……か……」

心に引っかかり続けていた言葉が、ようやく腑《ふ》に落ちる。

成る程。確かに、自分は愚かだった。中途半端な正義感でどうにかなるほど、沙里との結婚は甘くはなかったのだ。刑事という職と天秤《てんびん》にかけてでも、この女を生涯の伴侶《はんりょ》にしようとは思えなかった。それが、沙里の去った一番の理由だったのだ。

——でも。

「あのな、沙里。それでも、俺はおまえを嫁にして後悔はしてねぇぞ」

「な、何よ、いきなり」

「だって、おまえは俺の子どもを産んでくれただろ。麻利亜を」

「………」

「父親らしいこと何一つしてやってねぇし、どの面下げてって言うだろうけど。でも、麻利亜は俺の大事な娘だ。宝物だよ。その気持ちは本物だ。おまえには感謝してる」

届くかどうかわからないし、更なる罵倒を浴びるかもしれない。それでも、矢吹は言っておきたかった。もう二度と道が交わることはないが、沙里と出会って過ごした数年間は掛け値なしに愛《いと》おしい日々だったのだ。

「だから、つまりだな……」

「矢吹くん、申し訳ないが個人的な告白はその辺で」

気負った感情を挫《くじ》くように、突然鄞島の無情な声がする。

「今、麻績くんから報告が入った。小野塚英夫《ひでお》を任意同行で引っ張ったそうだ」

「え……?」

「さっき警視庁を出る前に、指示を出しておいた。小野塚がアリバイ工作の共犯なのはほぼ確定だったし、君の元妻をそそのかしたのも彼だろうと思ったから。けれど、瓢箪《ひょうたん》から駒の展開になるとは予想外だったな」

通話を切った携帯電話を右手に、彼は意味深な目つきでこちらを見た。すぐさま矢吹もピンときて、思わずにんまりと笑んでしまう。

「笹本くんには楽しませてもらった……か？」

「その通り。案外、事件の裏で小ズルく立ち回っていたのは彼かもしれないね。笹本は黙秘を続けているが、小野塚は自己顕示欲が強そうだから突《つつ》けばペラペラしゃべりそうだ」

「そうあってほしいな。でなきゃ、被害者が浮かばれねぇよ」

「……そうだね」

二人の会話についていけないのか、沙里も亜弥も渋い顔で黙っていた。さんざん暴れて、さすがに力尽きたのかもしれない。やがて甑島の呼んだパトカーが店の外に到着し、警官が数名慌ただしく入ってきた。

「菊池亜弥と今井沙里、両名に警視庁まで同行してもらって話を聞くように。ああ、その前に傷の手当てもね。二人揃って、全身傷だらけだ。僕と矢吹くんは車で来ているから、そっちを運転して帰るよ。それと、取り調べ中の笹本に伝言だ」

「は、何でしょうか」

テキパキと指示を下していた蛩島が、そこでガラリと不敵に笑う。

「〝我々警察も、これから楽しませてもらうよ〟——ってね」


人気《ひとけ》のない日陰の路肩に車を停め、運転席の矢吹はシートベルトを外して深々と溜め息をつく。できればハンドルに突っ伏してしまいたい心境だったが、何とか気持ちを奮い立たせた。ここで下を向いたら、次に顔を上げるまでずいぶん時間が必要な気がしたからだ。

ところが。

「困るな、矢吹くん。事件解決まであと一歩のところで、不景気な溜め息なんかついて」

人の気も知らないで、助手席の蛩島は憮然としている。心なしか機嫌が悪いようだ。いつもはオブラートに包《くる》んだ柔らかな声色も、素っ気なくて取りつく島もありはしない。

けれど、その方が嬉しいと矢吹は思った。本音を隠して他人行儀に澄まし顔をされるよりも、あからさまな感情をぶつけられる方がどれだけいいかわからない。それは、先ほどの沙里も同じだった。紙切れ一枚で他人になったが、結婚していた頃よりずっと身近だ。

「矢吹くん？　僕の話を聞いている？　寄り道していないで、さっさと車を……」

「このまんま、おまえを拉致《らち》してぇな、蛩島」

「は？」

清々しい口調とは真逆のトンデモ発言に、文字通り乾島の声が引っくり返る。だが、けっこう矢吹は本気だった。今なら見栄も体裁もかなぐり捨て、本音で彼と話ができるかもしれない。その時間は、誰にも邪魔されたくなかった。

「そんな顔すんなって。本当にやりゃしねぇよ。そういう気分だって話だ」

「…………」

「乾島？」

「……俺を拉致して、どうしようって言うんですか。沙里さんなら、実刑を覚悟した方がいいですよ。いくらそそのかされたとは言え動機が幼すぎるし、何より被害者への冒瀆《ぼうとく》行為です。何の罪もない十代の少女を、笹本は己の殺人衝動を満たすためだけに殺害した。その捜査をかく乱するなんて、非常に性質《たち》の悪い犯罪です」

「わかってる。俺もまったく同感だ。危うく、あいつを殴るところだった」

「殴りませんよ、あなたは」

「え？」

「俺が止めなくても、寸前で思い留まったはずです。矢吹信次は、女性を殴れる人じゃない」

確信に満ちて断言され、照れ臭さからやたらと居心地が悪くなる。こんなにまともに褒められるなんて、正直思ってもみなかった。昔ならいざ知らず、今の乾島の目に自分は冴《さ》えないおっさん刑事にしか映っていないはずだからだ。

「あ、や、おまえ、もしかして沙里の情状酌量でも俺が頼むとか思ってんのか？」

「別に、そんなことまでは……。でも、仮にも刑事が『拉致』なんて言葉を容易に使わないでください。不謹慎です。それと、発言の意図がまったく不明です。たとえ俺を拉致したところで、あなたにメリットがあるとは思えない」

「メリットがなきゃ、二人だけで話したいって思っちゃダメなのかよ」

「はぁ？　何、血迷ったこと言ってるんですか。元妻からこっぴどく結婚生活を全否定されて、頭がどうにかなったんじゃないですか」

情け容赦もなく投げた言葉をぶった切られ、早くも矢吹は撃沈しそうになった。だが、機関銃のように憎まれ口を叩く横顔が、ほんの少しだけ赤く見えるのは決して夕暮れが近いせいではないだろう。

やれやれ、と知らず苦笑が浮かんできた。

そうだった。かつての後輩はこんな風に生意気で、毒舌で、とてつもなく不器用だった。頭が良いくせに素直じゃないがため、理想を語る時でさえ傲慢《ごうまん》な物言いをする。それが彼なりの照れ隠しだったのだと、最近まで気づいてやれなかった。

「あのな、蓜島」

互いの口調がすっかり居酒屋のそれになり、矢吹は心の底から安堵《あんど》する。

何ですか、と溜め息混じりに甑島が返事をし、渋々とこちらを見つめ返した。

「またふざけたことを言う気なら、俺は車を降りてタクシーで戻ります」

「いや、おまえにはちゃんと宣言しておこうと思ってよ」

「宣言？　何をです？」

「さっきのやり取りでわかったわ。俺はバカだった。おまえが言った通りだ」

「な……」

案の定、彼は絶句する。してやったりと内心で勝ち誇りつつ、矢吹は身を乗り出した。つられて甑島は引こうとしたが、シートベルトをしたままなので上手く動けない。優位に立った喜びを噛み締めながら、眼鏡越しの瞳を覗き込むようにして言った。

「だけど、もう間違わねぇぞ。おまえにも遠慮はなしだ」

「え……え？」

「上司と部下だろうが、未来の警視総監様だろうが関係あるか。おまえは、この先もずっと俺の自慢の後輩だよ。これからは、どんなに冷めた振りをしても騙《だま》されねぇからな。無駄に熱いくらいで、ちょうどいいんだよ。その情熱は、現場の俺が全部引き受けてやる」

「…………」

甑島は、瞬きもせずに押し黙った。レンズに映る自分の顔が、少し気障だったかな、と問いかけてくる。けれど、後悔はなかった。

「は……バカですか、あなたは」

やがて、気の抜けた声で蔀島が呟いた。笑っている。呆れたように緩んだ表情は、誰に向かって物を言っているんだとでも言いたげだ。彼はおもむろに右手を伸ばすと、矢吹のネクタイを摑んで力任せに引っ張り寄せた。

「うわっ」

「こういうのも、熱の内に入りますよ。いいんですか」

前のめりになった矢吹の唇と、蔀島の唇が重なる寸前で止まる。

数秒、二人を包む世界が止まり、互いの息遣いと視線だけが生きていた。

「矢吹さん」

蔀島が、ゆっくりと瞳を細める。吐息が唇にかかり、甘く湿らせていく。

矢吹の脳裏に、これまでの光景が凄《すさ》まじい勢いで巡っていった。

出会いの頃、聞き込み途中で休憩した公園、屋上で語った蔀島の理想。

一課での再会と落胆。諍いとすれ違い。それから——先日の夜。

ほんの一瞬だけ、蔀島が見せた脆い綻《ほころ》び。

「……拒んでくださいよ」

いつまでたっても動きがないのを、責めるような口ぶりで蔀島が睨む。突き放されるのを覚悟していたのに、と当てが外れたと言わんばかりだ。

「いや、そこ、俺が怒られるところか？」

「真顔で訊き返されると、返事に困りますね」

もう、ほとんど唇は触れ合っている。それなのに、どちらも頑なに目を閉じようとはしなかった。まるで先に閉じた方が負けだとでもいうように、無意味な張り合いがしばし続く。

けれど、先に折れたのは蒟島の方だった。

彼は唐突にネクタイから手を放すと、シートに思い切り背中を埋《うず》める。その途端、綺麗な顔全体が羞恥《しゅうち》の色に染まったが、素早く右の手のひらで覆い隠してしまった。

「蒟島……？　おい？」

「追い打ちをかけないでください。今、落ち込んでいるんです」

「………………」

そうまで言われては、何も話しかけられない。だが、このまま黙っているのも気まずかった。おまえ俺が好きなのか、と訊こうかとも一瞬思ったが、そんなことを口にしたら最後、氷点下の眼差しで凍死させられそうな気がした。

（大体、訊いてどうすんだよ。その先のこと、全然考えてねぇだろ）

遅れて、矢吹の全身もやたらと熱くなってくる。あまりに想像を超えた出来事だったせいか、意識の追いつくのがだいぶ遅れたようだ。けれど、一度熱を覚えた身体は容易に冷めてはくれず、自分もまた正体不明の感情を持て余すしかなかった。

「何、やっているんでしょうね。俺たち」

「そうだな……」

「滑稽《こっけい》ですよね、三十路《みそじ》の男二人があたふたして」

「だよなぁ」

「…………」

「…………」

ついに会話は途切れ、気まずい沈黙が車内を満たしていく。

矢吹はフロントガラスいっぱいに広がる橙《だいだい》の陽光に、溺《おぼ》れそうだと胸で呟いた。

「なぁ、蓜島」

返事がないのは承知で、ゆっくりと唇を開く。

「また、飲みに行こうや。おまえと飲む酒は、けっこう美味《うま》いよ」

「酔ったら、押し倒しますよ」

「俺が？　おまえが？」

「……そう切り返してくるとは思わなかった」

面食らう蓜島の言葉に、矢吹自身も驚いていた。こちらから能動的になる可能性を、無意識に認めてしまうような発言だ。冬真と葵《あおい》の付き合いを見てきた身としてはそういう関係に偏見はないつもりだが、ますます自分で自分がわからなくなった。

「まぁ、なるようになるか。小難しい理屈は、俺の専門じゃねぇもんな」

「一体何の……」

「いや」

少しずつ霧の晴れ出した心に、夕暮れの鮮やかな光が溶け込んでいく。矢吹は久しく忘れていた感情に、ささやかな熱が宿るのを感じていた。

まだまだ、解決すべき問題は山のようにある。沙里の刑罰、残された麻利亜のこと、そうして今この瞬間にも起きているかもしれない忌むべき事件の数々。

けれど、不思議と胸は凪《な》いでいた。

すぐ隣に、同じ理想を持った男がいる。互いの立場は違い、住む世界も異なる相手だが、この絆《きずな》はもう消えることはない。そう確信できることが嬉しい。

「俺は、もう間違えねぇって話だよ」

「どうですかね。あなたは、相変わらずバカだから」

満足げな呟きに、蓜島のお決まりのセリフが重なった。

うちの先輩が言うことには

正直なところ、蓜島蓮也《はいしまれんや》の『彼』に対する第一印象はろくなものではなかった。

蓜島はT大法学部出身、在学中に司法試験に合格したが、司法研修は受けずに卒業後は警察庁へ入庁した変わり種だ。実父は有名な渉外弁護士で、大企業を幾つも顧客に持つ大手法律事務所を経営している。要するに、キャリア組の中でもとりわけ目立つ存在だった。

十月に入ったある日、そんな鳴り物入りで警視庁捜査一課へ研修に送り込まれた若造のことなど、現場を駆けずり回る平の刑事たちが純粋に歓迎するはずもない。品定めされ、劣等感か媚《こ》びのどちらかの視線を向けられるのも想像に難くなく、実際その通りだった。

けれど、一人だけ異質な反応をする男がいた。

(矢吹《やぶき》……信次《しんじ》……)

まだ新人のくせに、蓜島は心の中で先輩刑事を呼び捨てにしてみる。

年齢は、三十ギリギリ手前くらいだろうか。矢吹はエリート新人など眼中にない様子で、上司が紹介している間も始終欠伸《あくび》を噛《か》み殺し——早い話が上の空だった。

(冴《さ》えないおっさん予備軍、てとこか)

まだ「おっさん」呼ばわりするには気の毒だろうと、一応「予備軍」を付けてみる。だが、くたびれた矢吹の容姿からは他に大した感想は抱《いだ》かなかった。顔立ち自体は年相応で決して老けているわけではないのだが、とにかく恰好《かっこう》がひどい。指輪をしていないので独身らしいが、どれだけ警察寮へ帰っていないのか、訊《き》くのも憚《はばか》られるヨレヨレ具合だ。

（今でもいるんだな、あんな刑事。現場百回、とか思い込んでいるような）

重要な事件が起きればハードな捜査に加えて連日会議が開かれ、確かにゆっくり帰宅できるのは数日に一度がせいぜいだ。実際に、現在はS区で起きた殺人事件の捜査本部が設置され、萜島の配属された三班はそちらにかかりきりだと聞いていた。しかし、大抵の者は時間の合間を縫って着替え、シャワーを浴び、それなりに身支度を整えるのが普通なのに彼だけはてんで構った形跡がない。

（あんな恰好じゃ、聞き込みだって警戒されるだろうに）

七十年代の刑事ドラマか、と胸の中で小バカにし、嘆息した直後のことだった。

「萜島くんの世話は……矢吹、おまえに任せる。一課の仕事をいろいろ教えてやれ」

「えっ？」

耳を疑う一言に、矢吹より先に萜島が声を出す。

この男が——よりによって、たった今「冴えない」とスタンプを押したヨレヨレ刑事が、自分の教育係になるって言うのか。

冗談じゃない、こいつからは得るところなど一つもない。

外面と要領の良さには自信があり、上司からの歯の浮くような世辞でも澄まして受けられる萣島が、初めて表情を変えた一瞬だった。

「あの、ちょっと待ってくだ……」

「いやぁ、そいつは勘弁してもらえないですかねぇ」

萣島の抗議をぶっきらぼうに遮り、矢吹が面倒臭そうに頭を掻《か》く。寝癖がついたままの髪に嫌悪を覚えたが、それより何より断られた事実にカチンときた。こちらが拒否するならまだしも、何でおまえが、と萣島は憤慨する。

しかし、矢吹は向けられる剣呑《けんのん》な空気などお構いなしに言った。

「遠山《とおやま》課長、わかってるでしょう。俺、今はそれどころじゃないんですよ。今のヤマ、ちょいと込み入ってきてまして。とてもぺーぺーのお守りなんぞしてるヒマはないっすわ」

「おまえなぁ、優秀な後輩を指導するのも、立派に警察官の仕事だぞ」

「優秀？　ああ、キャリアさんって意味ね。そうっすね、仰《おっしゃ》る通りです。けど、俺は」

「別に、僕は貴方《あなた》から何か教えてもらおうとは思いません」

上司の遠山と矢吹の会話に、萣島は今度こそ冷ややかに割って入った。嫌みなど右から左へ聞き流せるが、この男から「キャリアさん」と言われるのは何故《なぜ》だか無性に腹が立つ。おまえから教わることなど断じてない、と強調しておきたかった。

「将来の幹部候補生として、現場の経験は必須です。そのために研修に来ているんですし、優秀な先輩に付かなくては意味がありません。でも、この人は……」

「まぁ、蒄島くんもそう依怙地《いこじ》になるな」

「依怙地？　そういう問題じゃありません。彼から学ぶものがあるのか、疑問なだけです。だって、そうじゃないですか。さっきから、この人何回欠伸を嚙み殺していると思っているんですか。僕が気づいていないとでも？」

「欠伸……？」

苦い顔で言葉に詰まり、遠山が目線で矢吹を咎《とが》める。今は部下でも、蒄島は数年後には確実に上司となる相手だ。彼としても、できるだけ不興は買いたくないのだろう。

新人らしからぬ強気な態度に、他の先輩刑事たちも一様にざわついている。これで、自分の評価は『最悪に生意気』で決定だ。珍しく感情的になってしまい、蒄島もすぐに後悔はしたが、それくらい矢吹と組むという選択はありえなかった。

「おい、矢吹。おまえも、他人事《ひとごと》みたいな顔をしてないで何とか言え」

焦った遠山が、呑気《のんき》な矢吹を急き立《せ》てる。

「そもそも、おまえが上司の意見に逆らえる立場か。偉そうに意見したけりゃ、さっさと出世しろ。……ったく、トラブルメーカーが」

「ひってぇなぁ、課長。俺は職務に忠実なだけで……」

「喧《やかま》しい、つべこべ言うなっ。とにかく、おまえは今日から蒄島の教育係だ。いいな？　抱えているヤマ、所轄の誰と組んでいる？」

「美山《みやま》ですけど……」

「じゃあ、そこに蓜島をつける。S署とは話をつけとくから、おまえは蓜島と組め」

「ちょ、ちょっと課長！　マジっすか！」

「以上だ。蓜島も、それでいいな。では解散！」

「課長～……」

矢吹はあからさまに困惑していたが、遠山は埒《らち》が明かないと踏んだのか強引に話を終わらせた。本当は蓜島も異を唱えたかったが、これ以上我を通すのはこれからの研修中、自分の立場を悪くするだけだと諦《あきら》める。どのみち各課を数ヶ月単位で移るのが通例だし、すでにここも研修二か所目だ。僅《わず》かな間の我慢だと、頭を切り替えることにした。

「美山、使える奴だったのに。くそ、まいったな……」

それはこちらのセリフだ、と矢吹の愚痴に胸で答える。だが、表向きはあくまで慇懃《いんぎん》に、完璧な愛想笑いを浮かべて右手を彼に差し出した。

「先ほどは、つい感情的になって失礼しました。お気を悪くされたらすみません」

「んあ？　いや、あんたは悪くないよ。眠かったのは本当だし」

「そう言っていただけると、助かります。ありがとうございます、矢吹先輩」

「お……おう」

半ば強引に矢吹の手を取ると、機械的に握手を交わす。ついでに視線を正面から合わせ、乾島は眼鏡《めがね》の奥からにっこりと微笑みかけた。

「足手まといにならないよう、頑張ります」

「……どうも」

皮肉が通じたのかどうか、とぼけた表情からはわからない。矢吹は渋々と乾島の右手を握り返すと、もう一度欠伸を噛み殺した。相変わらず意識の半分は捜査へ向けられているらしく、心ここにあらずの様子だったが、それでも残りの半分は確かに乾島の存在を認識したようだ。ようやく目の焦点がこちらに合い、彼はおもむろに口を開いた。

「あんた、歴代の仮面ライダーじゃ誰が一番好きなんだ？」

「は？」

空耳だろうか。

今、こいつは「仮面ライダー」と言わなかったか？

「あの、矢吹さん……？」

「別に恥ずかしがらなくてもいいぞ。俺も、ライダーには夢中になったクチだ」

「そうじゃなくてですね、質問の意味がよく……」

「T大出といて、財務省や外務省じゃなく警察庁入りだろ。面構えからいって野心もありそうだし、どうして政治に向かわなかったのかって思ってな」

「野心……」

微妙に鋭いところを突かれ、知らず警戒心が高まった。

だが、矢吹は相変わらず飄々《ひょうひょう》としたまま「てことはだな」なんて言って笑う。

「あんたは、ずいぶん正義感の強い奴なんだろう？　大方、ガキの頃はヒーロー物に夢中になって、今でもその頃と変わらない気持ちを持ってんじゃねぇかなぁって」

「な……ッ」

「あ、照れなくてもいいぞ。ちなみに、俺はＢＬＡＣＫまでは観ていた」

「………」

開いた口が塞《ふさ》がらず、蓜島は啞然《あぜん》と立ち尽くした。

確かに周囲の人間はこぞって政財界へ旅立っていったが、警察庁だって人気がないわけじゃない。それをあっさりヒーローの話にすり替えてしまうなんて、発想が独特なのにも程がある。しかも、悔しいことに——矢吹の指摘は正しかった。

「平成も……」

「ん？」

「平成ライダーも観ていましたよ、数年前までは」

半分自棄《やけ》になって、蓜島は答える。バカ正直になる必要はなかったが、嘘をつくほどのことでもなかった。逆に、ごまかそうとする方が必死っぽくてみっともない。

「だけど、それと進路は別問題です。理想と現実を一緒にしたりはしません」

「まぁまぁ、怒るなって」

「怒っていません」

素っ気なく言い返したが、微《かす》かに動揺していたのは事実だ。すぐに落ち着きは取り戻したが、何とも表現し難いモヤモヤ感が後に残る。

「そろそろ捜査に行きましょうか、矢吹さん」

困惑を振り切ろうと踵《きびす》を返し、蓜島はさっさと先に歩き出した。だが、矢吹に対する苦手意識はばっちり刻まれてしまっている。出会いから主導権を握られるなんて、これまで生きてきて一度だってなかった。それだけでも、相当な屈辱だ。

（一体何なんだよ、この人は。今のが、初対面の相手にする会話か？）

初見で見くびっていたが、あなどっていると更に足元を掬《すく》われるかもしれない。

ボサボサの頭と、剃《そ》り残した顎《あご》の無精ひげ。安物のスーツは型崩れを起こし、シャツは襟《えり》に汚れの輪がうっすらできている。それなりに小綺麗《こぎれい》にし、髪も腕の良い美容師にカットさせたらそこそこの二枚目になるだろうに、そんなことにはてんで関心がないらしい。そういう男に、自分は絶句させられたのだ。

（もちろん、刑事がお洒落《しゃれ》である必要なんかない。だけど、あんな気の抜けた外見で近づいておいて、不意を突くように踏み込まれたら誰だって面食らうじゃないか）

この男は性質《たち》が悪い、と思った。無害に見えるだけに、余計に厄介《やっかい》だ。

「おい、こら。おまえ一人でどこ行く気だ？」

「え……」

一課を出てエレベーター待ちをしているところで、やっと矢吹が追いついてきた。言われてみれば何も考えていなかったと、またしても蔰島は決まりが悪くなる。まったく、ここへ来てから調子が狂いっ放しだ。

「ど、どこって、とりあえず外へ出てから伺おうかと」

「だったら、俺を置いて行っちゃ意味がねぇだろが。配属初日で気負うのはわかるが、もうちょっと気楽に構えておかねぇとすぐバテるぞ」

「すみません……」

気負っているつもりはなかったが、少し冷静になる必要はありそうだ。蔰島は一つ息をつくと、脳内で無難な話題を探し始めた。このまま黙りこくっていたら、子どもっぽい奴だと思われそうな気がしたからだ。

しかし、蔰島の見えない努力をよそに、またしても矢吹が口を開いた。

「なぁ、蔰島。おまえに訊いておきたいことがあるんだが」

「何でしょう」

少し身構えて、蔰島は問い返した。

先刻の二の舞にならないよう、彼の発言には充分な注意が必要だ。

「おまえさ」

「はい」

「何日間、風呂に入らないで平気だ？」

「…………」

「おい？」

「あ、エレベーター来ましたよ」

返事をする気力を根こそぎ奪われ、この際だから聞かなかったことにしよう、と決める。その後は矢吹が何を言おうと、鉄壁の微笑を崩さずに蓜島はやり過ごした。


前途多難の予感に見舞われつつ、矢吹との捜査が始まった。

S署に設けられた捜査本部には、本庁から蓜島たちが所属する三班が参加している。ただし被害者が暴力団組員ということもあってか、さほど人数を割かれてはいなかった。一般市民が巻き込まれた犯罪に比べれば、世論の注目も浴びていないからだ。いきおい人手不足は否めず、捜査員たちは文字通り不眠不休で解決に当たっていた。

「ま、捜査本部が置かれただけ、めっけもんかもな。マル暴の四課への意地もあるから、何がなんでも犯人は挙げたいところだろうし」

「だからって、こんなやり方は非合理的ですよ。朝から聞き込みで歩きっ放し、夜は捜査会議で延々と報告をし合うだけ。何の発展性もありません」

逃亡中の容疑者の足取りを追い、十何回目かの聞き込みが空振りに終わった後、ちょっと休むかと矢吹が誘ったのは喫茶店でも定食屋でもなく通りがかった公園だった。足が棒のようになっていた蓜島はとにかく休みたい一心で同意したが、内心すぐに後悔する。午睡の時間なのか敷地には遊ぶ子どもたちの姿もなく、男二人でベンチに並んで座っている図はあまりに侘《わび》しかったからだ。

「発展性？　何だ、そりゃ」

すぐ脇の自動販売機でそれぞれ飲み物を買い、矢吹はやれやれと口をつける。気後れする蓜島に比べて、慣れているのか堂々としたものだった。

「蓜島、おまえ捜査に加わって一週間になるのに、まだそんなこと言ってんのかよ」

「だって、そうでしょう。科学捜査とプロファイリングの時代に」

「なんだよ、もうへばったからって屁理屈か？　朝から、十キロも歩いてねぇぞ」

「クロスカントリーやっているわけじゃないんです。歩いた距離なんか、自慢になりません」

相変わらず、接点の欠片《かけら》もない会話だ。素っ気ない返答も意に介さず、矢吹はニヤニヤと蓜島の足元に視線を留めた。

「だから、言ってるだろうが。そんな御大層な革靴なんぞ履いてるから、すぐに疲れるんだよ。スニーカーにしろ、スニーカーに。楽でいいぞ」

「冗談でしょう、学生じゃあるまいし」

本気で嫌そうな顔をしてみせると、さすがに軽口もそこまでとなる。もともと、自分の話など蓜島が聞く耳をもたないことは彼も先刻承知のようだった。

「しかし、手がかりが少ねぇなぁ」

黄色く染まった銀杏《いちょう》の樹を眺めながら、矢吹は缶コーヒーを渋い表情で啜《すす》る。

「何だか……」

「ん？」

「そうやっていると、矢吹さん、リストラされたサラリーマンみたいですね」

「おいっ」

ごく素直な感想を口にすると、苦虫を嚙み潰《つぶ》した顔で睨《にら》まれる。だが、蓜島は平然と受け流すと、溜め息をついてペットボトルのミネラルウォーターに口をつけた。

「けっ。キャリアくんは、いちいち飲みもんまでカッコつけやがって」

「貴方は僕より五歳も上なんですよ。そろそろ、糖分の摂取は控えた方が良くないですか。ただでさえ身なりに構ってないくせに、この上中年腹にでもなったら恋人もできませんよ」

「恋人だぁ？　なんで昨日今日の付き合いのおまえに、そんなことまで心配されなきゃなんねぇんだよ。俺が独身だろうが腹が出ようが、ほっといてくれ」

「それもそうですね。失礼しました」

何となく気まずいまま、沈黙が降りる。

後輩らしからぬ口を利いたとは思うが、蓜島にも悪気があるわけではなかった。ただ、矢吹を見ていると何故だか一言余計なことを言いたくなる。向こうもいちいち発言に嚙みついてくるので、どうしても嫌みの応酬のようになってしまうのだ。

相性最悪——と、心の中で愚痴が出る。やはり、遠山には粘ってでも逆らえば良かった。貴重な捜査一課での研修が、ひたすら徒労に終わるなんてやりきれない。

「矢吹さん」

黙っていても仕方がないので、蓜島は自分から口火を切った。

「今回の事件、素人《しろうと》が逃げ回っているにしちゃ用意周到ですよね。こんなに足取りを摑ませないなんて、正直意外でした。もう事件から、二週間も過ぎているのに」

「…………」

「捜査資料を見せてもらいましたけど、ごく単純な殺人事件じゃないですか。暴力団の末端構成員が自分のアパートで刺殺体で発見、同居していた内縁の妻は事件発覚後に行方不明。凶器の包丁には妻の指紋。……犯人は一目瞭然《りょうぜん》ですよね」

「女には動機がない」

やけにきっぱりと、矢吹は断言する。これには、蓜島も些《いささ》か鼻白んだ。

確かに、彼の意見も一理ある。状況証拠は全て内縁の妻の犯行を示唆しているが、でも、それだけだった。無論、犯罪に巻き込まれた可能性も捨ててはいないが、現状の捜査方針としてはとにかく彼女を確保し、自白に持っていこうという流れになっている。

「だからと言って、今更そこを問題視しますか？　動機なんて、本人にしかわからないこともあるんじゃないですか。まして、男女の仲だったら……」

「男女の仲か。蓜島の口から、そういう生々しいセリフを聞くとは思わなかったなぁ」

「ふざけてるんですか」

ムッとして口をつぐむと、冗談だよ、と軽くいなされた。

「けど、さっきの話は冗談じゃない。おまえだって、不自然だと思っているだろうが」

「それは……」

「引っかかる部分があるのに、そこには目を瞑《つむ》るのか？」

「で、でも、一番疑わしい人物には違いないじゃないですか。矢吹さん、先日の捜査会議でも今と同じこと言ってましたよね。だけど、誰も取り合わなかった。それは、現実的な意見じゃないと判断されているからです。少なくとも、彼女は……」

「もし、別に犯人がいるとしたら――そいつは、恐らく組関係の人間だ」

「…………」

ドキ、と心臓が不穏な音をたてる。

矢吹はあくまで冷静に、揺るぎない口調で先を続けた。

「これはな、見かけほど単純な話じゃねぇんだ。もし、組関係のゴタゴタで殺人が起きたとなれば、一度は手を引いた四課がまたしゃしゃり出てくる。そうなると、一課としては面白くないわけだ。ヤマを横取りされ、手柄を譲ることになる」

「そんな理由で……」

「ま、ありえる話だってことだ。勘違いすんなよ」

愕然《がくぜん》とする蒄島へ、ニヤリとふてぶてしい笑みが向けられる。

「けどなぁ、蒄島。新人のおまえだって、警察内の派閥争いがシャレにならねぇのは知ってるだろ。どこの課も自分たちの手柄にするためなら、情報隠ぺいや妨害だってやりかねない。一課の連中はな、意地でもこのヤマを四課へ渡したくないんだよ。だから〝痴情のもつれ〟で片づけたいんだ」

「…………」

「捜査本部の指揮を取っているのは、宝井《たからい》管理官だ。あの人は四課の吉野《よしの》班長と因縁があるもんで、余計に頑《かたく》なになってんだよな。だから、捜査会議での俺の意見も一蹴《いっしゅう》された」

「いいんですか……そんな話、僕にしちゃっても」

「どういう意味だ？」

本気でわからないのか、不思議そうに問い返された。訝《いぶか》しげな瞳《ひとみ》に鋭い光が宿っていたことを、この時になって蓜島は初めて知る。

それは、紛れもなく刑事の目だった。

真実のみを追求し、妥協やごまかしを一切撥《は》ねつける。そんな、今となってはお伽噺《とぎばなし》にしか存在しないような人物の目だと思った。

「でも……」

それでも、容易に信じるわけにはいかない。矢吹のことはよく知らないし、一緒に行動してまだ数日だ。そもそも、自分が信頼するに足る、褪《あ》せない理想を胸に抱き続ける相手などそんなに簡単に見つかるわけがないのだ。

「でも……それだけで彼女が犯人じゃないとは言い切れません」

蓜島は、おそるおそる反論を試みてみる。矢吹が、決して上層部への意地だけで「内縁の妻が犯人ではない」と言い張っているわけではないことを祈った。

「聞き込みの中で、妹の証言があっただろ。逃げてる女の妹だよ」

「え？　ああ、確か妹の方もどこかのヤクザと関係が……」

「美人だったよな」

「それが、どうかしましたか？」

微妙に調子を崩されて、少なからず乾島はムッとする。

「容疑者の身内が美人かどうかなんて、捜査にはまったく関係ないですよね」

「そう睨むなって。乾島、おまえ外面いいくせに、何で俺には素のまんまなんだよ」

「教えてあげます。貴方にどう思われようが、どうでもいいからです」

「はっきり言うねぇ」

怒るでもなく、むしろ面白そうに矢吹は呟《つぶや》いた。何だか手のひらで踊らされているようで、乾島はますます渋面を濃くする。だが、不思議と不快ではなかった。

空になった缶コーヒーを近くのゴミ箱へ投げ入れ、矢吹はまた話し始めた。

「被害者の森田《もりた》は、殺される十日前に組を抜けていた。間に大物ヤクザに入ってもらって、何とか穏便に足を洗うことができたって話だったじゃねぇか。後は女と正式に籍を入れ、どこか田舎へ引っ込んで平和に暮らすはずだったんだ。そんな矢先、森田は刺されて死んだ」

「やっぱり、堅気には戻りきれなかったのかもしれませんよ。組とは無関係なはずなのに、その後も組員と会っている姿が何度か目撃されています。そのことを女に咎められ、喧嘩《けんか》となった挙句に激情した女が刃物を持ち出した……単純な構図じゃありませんか」

「隣近所の連中は、争いの声や物音を誰も聞いていない」

「それは……あのアパートが線路脇に建っていて、日中から騒音がひどいと……」

「本当にそうか？　以前に森田が酔って女を殴った時は、近所の人間が通報して警察が来る騒ぎになってるんだ。電車だって、二十四時間休みなく走っているわけじゃない」

「…………」

「単純じゃない、〝何か〟があったんだよ。行方不明の女がこのまま見つからなきゃ、夫殺しの犯人に仕立て上げられた上に命だって危《の》うい。だから、俺は焦っているんだ」

けれど――と、言いかけた言葉を蓜島は呑み込んだ。

もし矢吹の推論が正しければ、被害者が殺された背景には十中八九、組の連中が絡んでいる。そうなれば、本当に四課が出て来るだろう。一課が苦労して集めた情報を渡せと強硬に迫り、手柄ごと奴らのものになる。

その引き金を、矢吹は引きかねないのだ。真実を追う代償として、この先上司から睨まれるのは必至で、上下関係の厳しい組織では致命的なミスになりかねなかった。

「貴方は……出世したくないんですか」

「ああン？」

無意識に飛び出した蓜島の質問に、矢吹は半分白けた眼差《まなざ》しを向ける。そこには、微塵《みじん》もためらいの色はなかった。初対面の印象は、どうやら考え違いだったようだと、蓜島はどこか心地好い脱力感の中で思う。

（この人は、出世「できない」んじゃない。ただ、興味がないだけなんだ）

組織内のしがらみや各課の見栄、足の引っ張り合いと駆け引き。そんなものを鑑《かんが》みるよりも、少しでも早く事件の真相へ辿《たど》り着くこと。矢吹の頭にあるのはそれだけで、その信念の前には出世どころか身なりに構う気持ちさえ、どうでも良くなっているのかもしれない。

（まぁ、半分以上は単なるズボラなだけだろうけど……）

顔合わせの初日、蔀島が露骨に嫌な顔をしたのでとりあえず汚れたシャツは取り替え、髭《ひげ》も二日に一度は剃るようになった。しかし、相変わらず立ち姿はだらしなく、やや猫背な姿勢と粗雑な言動は、どこから見てもエリートな蔀島とは対照的だ。

それなのに、蔀島の目には矢吹が『本物』に映った。

ドラマや小説に出て来るような切れ者然とした貫録もなければ、名推理を働かせて鮮やかに真実を暴くわけでもない。やることと言えば地道な地取りに、現場百回の執念深さだ。

けれど、理想の刑事がそこにいる、と思った。

「……矢吹さん」

飲みかけのペットボトルをゴミ箱へ放り投げ、蔀島は毅然《きぜん》と口を開く。一瞬前までの冷《さ》めた目つきは消え失《う》せ、声音には力強い熱意が潜んでいた。

「捜査資料を読んでいて、一つ疑問に感じたことがあります」

「疑問？」

「はい。被害者の森田が組を抜ける際、組長との仲裁に入ったヤクザです。彼は森田が所属する『高畠興業《たかはた》』と同じ、和泉会《いずみ》系列の『堂本組《どうもと》』の若頭ですよね。気になって少し調べたんですが、『堂本組』は規模こそ大きくはありませんが、新興の勢力としては周囲から一目置かれています。まして、若頭となればチンピラ同然の末端構成員にとっては雲の上の存在なはずだ。それなのに、そんな大物がどういう経緯で関わることになったのか……その因果関係がまるで摑めません」

「蓜島……おまえ、いつの間に……」

「絶対に、仲裁の見返りがあったはずです。もしくは、それ自体がフェイクかも」

蓜島の報告に、みるみる矢吹の目に興奮が浮かぶ。何だか非常に照れ臭かったが、決して悪い気分ではなかった。

「言っておきますが、確証のない単なる戯言《ざれごと》です。だからわざわざ言うこともないかと思っていましたが、あくまで一意見として聞いてくれれば……」

「いや！　おまえも、やっぱり変だと思ったか！」

「あいたっ！」

矢吹はたちまち破顔し、力いっぱい蓜島の背中を叩く。痛いですよ、と顔をしかめながら、どこか清々しい風が蓜島の心に吹いていた。

価値観も、育った環境も、恐らくこの先歩く道だってまったく違う。

けれど、他の誰よりも重なっている部分がある。

無駄を嫌い、処世術に長《た》け、合理的に物事を判断して進めていく——蓜島蓮也という人間をよく知る者に言わせれば、何の世迷言《よまいごと》を言い出したのかと思うだろう。実際、もし甑島が第三者の立場なら、彼は一体どうしたのかと呆《あき》れ返るに決まっていた。

だけど、と表情を緩めないよう努力しながら心で呟く。

自分は今まで知らなかっただけなんだ、と。

理想を捨てずに生きる相手との邂逅《かいこう》が、こんなにも胸を震わせるなんて。

「そういえば、矢吹さんは僕を野心家だと言いましたね」

「あ？　ああ、そういやな」

にまっと微笑《ほほえ》んで、矢吹は顔を覗《のぞ》き込んできた。

「――当たってただろ？」

「………………」

そうです、と素直に肯定するのも悔しくて、そのまま甑島は黙り込む。

自分は、昔から一つの信念を密《ひそ》かに抱いていた。それを見失わない限りどこまでも冷徹に振る舞えるし、そんな自分を許すことができると信じていた。

いつか、その話を矢吹にする時が来るだろうか。

今の高揚を、分かち合ってくださいと言える日が。

「さてと。そろそろ行きましょうか、矢吹さん」

「お、張り切ってんな」

「貴方より若い分、元気なだけです。朝から、まだ十キロしか歩いていませんからね」

憎まれ口を叩きながら、蓜島は新たな目標に向けて歩き出す。

後ろから追いかける矢吹の足音を聞き、いつスニーカーに履き替えようかと思いながら。


蓜島が積極的に捜査へ乗り出した功績は大きく、事件の解決は一挙に加速度がついた。

だが、行方不明中の内縁の妻への疑惑が晴れ、代わって『堂本組』若頭への容疑が浮上したところで、待ってましたとばかりに四課がお出ましとなる。結局、捜査の主導権が四課に移ったところで一課の捜査本部は解散となった。

「お疲れさまでした」

事件への心残りは山とあるが、ひとまず家へ帰れる身となった夜。

蓜島は、矢吹に誘われて彼の行きつけだという居酒屋にいた。

「何だか、ずいぶん賑《にぎ》やかな店ですね。俺の話し声、聞こえますか?」

「おい、蓜島。おまえ、こういうとこ初めてか。やっぱり、キャリアのお坊ちゃんは飲む店もハイソなんだなぁ。ま、たまにはいいだろ。この店、食いもんも美味《うま》いからな」

「なんで、貴方はそうやって頭から決めつけたように言うんですか。俺だって、居酒屋くらい学生時代にいくらでも行きましたよ。ていうか、何かにつけて〝キャリア〟を連呼するのやめてくれませんか？　劣等感まるだしでみっともないですから」

「……おまえなぁ……」

澄まし顔で毒舌を吐く葩島に、矢吹はドッと疲労の増した表情になる。だが、彼の行きつけへ連れてきてもらったのは、葩島にとって満更でもなかった。捜査ではコンビを組んでいても互いにプライベートな話などしなかったので、こうして仕事抜きで顔を突き合わせるのは正真正銘、今夜が初めてだったのだ。それが矢吹のテリトリー内という事実は、なかなか悪くない、と思った。

「それにしても、案の定、四課にかっ攫《さら》われちまったなぁ」

生ビールのジョッキを豪快に傾け、矢吹は深々と溜め息を吐き出す。何を今更、と葩島は特に同情の素振りも見せず「仕方ありません」とあっさり流した。

「矢吹さんも、それを覚悟の上で真実を追求したんでしょう？　手柄を横取りされたことも同僚刑事からの非難の目も、全て潔く受けるべきです。そんな貴方の粘りが、一人の女性を冤罪《えんざい》から救ったんですから」

「けどよ、『堂本組』の若頭は恐らく引っ張れない。奴は若いが切れ者だ。四課の連中も逮捕の時期を虎視眈々《こしたんたん》と狙《ねら》っているが、一度だって奴に手錠をかけられた例《ためし》はねぇんだ」

「詳しいですね」

「こう見えても、俺はあちこちに友人がいるからな。皆、テリトリーだのプライドだの、捜査の邪魔になるもんはいらねぇって変わり者ばかりさ」

「成程。類は友を呼ぶというやつですか」

真面目に感心していると、何だよ、と唇を尖《とが》らせて文句を言われる。別に嫌みじゃありませんよ、と笑って返すと、矢吹はすぐにご機嫌になってまたジョッキを呷《あお》った。

「そんな余裕こいた面してるけどな、おまえもすぐ仲間入りすんだよ、蓜島」

「いや、冗談はやめてください。これでも、俺は出世するつもりなので」

「そりゃ、出世してくんなきゃ困るよ。おまえみたいな奴が上に行ってくれりゃ、ちっとは風通しも良くなるだろ。期待してんだからよ、いいな？」

「また、適当なことを……」

もう酔ってるのかと苦笑し、運ばれてきた料理に箸《はし》を付ける。いわゆる居酒屋メニューだが、美味いと自慢するだけあってどれも酒のツマミ程度にしておくのは勿体《もったい》ない味だった。

「気に入ったか？」

表情を素早く読んで、満足げに矢吹は言う。

「ま、そうだろうな。この店は、基本的に俺一人でしか来ねぇんだ。特別だぞ？」

「え……」

「大勢で飲むのも楽しいが、酒はゆっくり飲みたいしな。ちゃんと話をしたい時は、今夜みたいに誘うけどよ。ここは店主も店員も、俺たちの商売を承知の上でもてなしてくれるから気が楽なんだ。よそだと、けっこう気を遣うだろ」

「まぁ、警察関係者だとわかれば煙たく思うのが商売人の常ですから」

努めて気のない態度を作り、ひたすら皿の上のさつま揚げを口へ運ぶ。けれど、矢吹が何気なく口にした「特別」の一言に、菴島は嫌でも高揚を覚えずにはいられなかった。そうして、そんな自分に戒めの気持ちが湧いてくる。

（特別……か……）

人より抜きん出た頭脳、裕福な家庭、端整な容姿。加えて機を読むに長けた勘の良さで、菴島を『特別』と呼ぶ輩《やから》は多かった。幼い頃から優秀だと褒められ、でも周囲から浮きすぎないよう配慮もし、そうやって日の当たる道を歩いてきたのだ。

だから、たった一人のくたびれた刑事に言われたからといって嬉しい言葉のはずがない。むしろ、嬉しかったら変だ。浮かれるなんてこと、絶対にあってはいけない。

菴島は懸命に自分へ言い聞かせ、そうだ、と改めて反芻《はんすう》した。

（俺が、この人を「選ぶ」分にはいい。俺は近い将来、この人の上司になる。手足として使える有能な部下を「選ぶ」のなら、どれだけ距離を詰めようが問題ない）

でも、その逆はダメだ。絶対にダメだ。

間違っても、立場を逆転させてはいけない相手だ。そんなことをしたら、自分は進むべき道を見誤ってしまう。感情の拠点を他人に委《ゆだ》ねるなんて、蓜島にとっては負けでしかない。

「おいおい、美味いのはわかるけどよ」

「は？」

「一人で全部がっつくこたねぇだろ。おまえ、何枚さつま揚げ食う気だよ」

「え……あ、いえ……」

猛烈な気恥ずかしさに襲われ、蓜島は慌てて箸を引っ込めた。別にいいけどよ、と矢吹が苦笑し、「お代わり頼むか」と的外れなことを言ってくる。

「蓜島のそういうとこ、皆が知ったら驚くぞ。居酒屋でさつま揚げ独り占めしてる姿、誰も想像できねぇだろ。なぁ？　あ、そうだ」

「な、何ですか」

「いずれ、蓜島にも紹介してやるよ。俺の類友を」

「え……」

「皆、この仕事に誇りを持ってる気持ちのいい連中だからな。偉くなったら、スカウトしてもいいんだぞ？　蓜島のためなら、きっと喜んで働いてくれる」

「…………」

思いがけない言葉を吐かれ、不覚にも真顔になってしまった。

しまった、と急いで取り澄ました顔を作ろうとしたが、どういうわけか上手にできない。

おかしいな、と四苦八苦する様子を矢吹は珍しいものでも見るような目で眺めていたが、やがてくっくと喉《のど》と肩を震わせながら言った。

「無理すんなって。おまえ、やっぱ今日は調子変だろ」

「そんなこと、ありませんよ。俺は絶好調です」

「ふぅん、ならいいけどよ。俺は、今日みたいな葩島、面白くていいと思うぜ。〝僕〟なんて澄《な》まして言っていた時よりもずっと気心が知れる感じがするし。な?」

「馴れ合いは嫌いなんです。そういう言い方、しないでください」

眉間《みけん》に皺《しわ》を寄せ、控えめに抗議する。相手が矢吹だからいいものの、他の者が同じことを口にしたら、嫌みと皮肉で完膚なきまでに叩きのめしているところだ。

「馴れ合い……つうかさ」

ふと、矢吹が遠くを見るような目になった。口許《くちもと》は微笑《ほほえ》んでいる。何か楽しいことを思い出しているような、少しガキ大将めいた顔つきだった。

「葩島、今日の昼に、喫煙室で俺に話しかけてきただろうが」

「……それが何か」

やっぱりその話か、と思ったが、あえて表情に出さずに葩島は答える。

昨晩付けで捜査本部が解散になり、報告書書きに終始した今日、葩島は初めて矢吹へ捜査以外の話題で声をかけたのだった。

「正直言って、俺は心底びっくりしたよ。おまえが、あんなことを考えていたなんてな。今だから白状するが、俺の存在なんざ眼中にないだろうって思ってたし」

「え、そうなんですか?」

「いや、そういう態度だったろ、おまえ」

間髪を容れずにツッコまれ、確かに友好的ではなかったが……と振り返る。けれど、公園でのやり取りで矢吹を見る目が変わってからは、葩島なりに歩み寄っていたつもりでいた分、少しも相手に伝わっていなかった事実は少なからずショックだった。

「昼間のおまえ、ほんと傑作だったな」

こちらの複雑な心中など知らずに、矢吹はビールを飲みながら笑う。ガサツで粗雑でだらしない普段の顔とは段違いの、しんみりと嬉しそうな笑顔だった。

「〝将来、俺が使えそうな人材って矢吹さんくらいなんですよね〟——だと? そういうこと言うか、普通? 先輩に向かってヒヨっ子の新人が」

「別に大ベテランってわけじゃなし。俺たち、五歳しか違わないじゃないですか」

「その五歳の差で、人をおっさん扱いしてるのは誰だよ」

「それは貴方の姿勢があまりに悪く、身なりに構わないからです。自業自得です」

「けっ。本当に可愛くねぇ後輩だ」

そう言いつつ、矢吹は相変わらずニヤニヤしている。不思議なくらい上機嫌だ。

お蔭《かげ》で藺島はますます居心地が悪くなり、居酒屋へついてきたことを後悔し始めた。

『でも、貴方は俺の言葉を信じたがっている』

唐突なセリフに面食らい、真意は何かと訝しむ矢吹へ放った己の声が耳の奥で蘇《よみがえ》る。

確かに、彼には予想外の意思表明だったろう。だが、藺島の中ではとっくに形を成していた決意だった。何の前触れもなく切り出したのは早まったな、と思うが、今このタイミングで言っておかなければ、という気持ちにかられたのだ。

もう数ヶ月たてば、自分は一課を離れる予定だ。そうなったら、次に矢吹と組んで仕事ができるのはいつになるかわからない。仮に一課へ戻れたとしても、その時はキャリアの自分は彼の上司になっている。もう先輩・後輩の間柄ではなくなってしまうのだ。

(だけど……最後の一言は余計だったな……)

幸い、矢吹はあのことには触れてこない。忘れてしまったか、大した意味もないと思ったのか、とにかく「あのセリフは、どういう意味だったんだ」と訊かれないことに心の底から藺島は安堵《あんど》した。

『つまんない結婚なんかで、余計な時間を取られないでくださいね』

我ながら、どうしてあんなことを言ってしまったのか。

自分自身の取った行動なのに、藺島は理解に苦しんだ。上司の遠山が矢吹に見合いを勧めたことがある、という話を聞いたせいだろうか。それ自体が一年も前のことで、しかも矢吹はけんもほろろに断っているのに、知った瞬間、萜島の中で不可解な焦りが生まれた。

（それで、つい勢いに任せて口走っちゃったんだよな。俺らしくもない。大失態だ）

どう考えても、矢吹の結婚が自分に及ぼす影響など微々たるものだ。まして、彼には現在決まった相手はいない。それは本人から聞いている。

（いや、そんな相手がいようがいまいが、それこそどうでもいいことだ。問題は俺が……）

その先を言葉にするのは、いくら何でも憚られた。たとえ心の中だけに留《とど》めておいても、自身が認めることになってしまう。だから、絶対に言葉にしてはいけない。これ以上、深く考えてもいけない。

「どうした、萜島？　さっきから、何か小難しい顔になってんぞ」

「そんなことありませんよ。矢吹さんが、急に話題を変えるから戸惑っただけです。解決が曖昧《あいまい》なまま捜査本部も解散するし、ちょっと気分も落ち着かないじゃないですか。でも、久しぶりにゆっくり眠ればすぐ元に戻ります」

「そうか？　じゃあ、飲みに誘って悪かったなぁ」

「いえ、大丈夫です。迷惑な時はちゃんと断ります」

「おまえな、もうちょっとマイルドな言い方はできねぇのかよ」

本心を悟られまいとして素っ気なくなる萜島へ、苦笑いで矢吹が言った。そうだ、何を狼《ろう》狽《ばい》しているんだと萜島は心の中で舌打ちをする。仕事の上では尊敬できるかもしれないが、相手はくたびれた三十男で、冴えない独身の（恐らくは）万年巡査部長だ。そんな奴の一挙手一投足に自分が右往左往する理由はないし、まして彼が結婚しようがしまいが、まったく何も関係がない。

それなのに——待ってくれ、と思ってしまった。

上司の勧めで結婚するくらいなら、こちらの出世を優先してくれ、と。

（何を考えてるんだ、俺は。これじゃ、まるきり子どもの独占欲じゃないか）

しっかりしろ、と己を叱咤《しった》した。いろんな感情がごっちゃになって、本当の気持ちが自分でもよくわからない。けれど、突き詰めて考えるなと本能が警鐘を大きく鳴らしていた。

仕方がないと、蓜島は深く嘆息する。

動揺するということは、まだ答えを出す時期ではないのだろう。それなら、はっきりしている想いだけを選びとり、他の問題は一時的に棚上げしておくのが最良だ。

「矢吹さん、昼間の話ですが」

「おう、なんだ？」

「俺、本気ですから。誰より早く出世して、一課へ戻ってきます。——貴方の上司として」

「…………」

「貴方を使える男になって、戻ってきますから。覚悟しておいてください」

開き直って、蓜島は正面から矢吹を見つめ返した。

矢吹も黙り、二人の間に僅かな沈黙が降りる。

やがて、彼は空になったジョッキを豪快に持ち上げると、まだ八割がたビールの残っている蓜島のジョッキへ威勢よく縁をぶつけた。

「しょうがねぇ。待っててやる」

「え……」

「待っててやるよ。おまえが上司になったら、一課も面白くなりそうだ」

「矢吹さん……」

その瞬間、強く湧き起こる感情に、蓜島はそれきり言葉を失った。

幼い頃から優秀と周囲から評価され、何においても要領よくソツなくこなして生きてきた。学業も人間関係も恋愛も。全てが蓜島にはゲームのようであり、人との関わりから情熱や慟《どう》哭《こく》が生まれることなんて考えもしなかった。

けれど、今は違う。まったく違う。

刑事を志した時からひっそり抱いていた理想を、分かち合える相手がここにいる。

そう思うだけで、胸が震えるような感動に包まれる。

「そう……ですね。待つ甲斐《かい》はあると思いますよ」

気がつけば、蓜島は微笑んでいた。

矢吹の前で駆け引きなしに笑ってみせたのは、自覚がある中ではこれが初めてだった。

「待っていてください」

「おう」

矢吹は快諾し、通りがかった店員へ景気よくビールの追加を頼んだ。蓜島は生まれ変わったような気持ちでそんな彼を見ながら、温《ぬる》くなった自分のジョッキを思い切り傾ける。

気の抜けたビールは、不味《まず》かった。

蓜島は、苦笑いをしてごくごくと残りを飲み干した。

ひどく不味くて甘美な酒の味を、自分は一生忘れないだろう、と思った。

オレの嫁が言うことには

「じゃじゃーん。葵《あおい》兄さん、これ見て！」

「ニュースだよ、大ニュース！」

夏の日差しが強い陰影を投げかけ、鎮守の杜《もり》に蟬《せみ》が鳴き始める頃。

神社の境内《けいだい》を竹箒《たけぼうき》で掃《は》いていた咲坂《さきさか》葵の前へ、同じ顔をした中学生の男の子が二人並んで駆け寄ってきた。一卵性双生児の彼らの名前は陽《ひなた》と木陰《こかげ》といい、一回り年下の弟たちだ。

彼らの手には、下校時に買ったと思《おぼ》しき漫画雑誌があった。

「おまえたち、今日は終業式だったろう？　明日から夏休みだっていうのに、また卑猥《ひわい》な雑誌を読もうとしているんじゃないだろうな」

今までさんざん悩まされてきたせいで、表紙を確かめる前に条件反射で眉《まゆ》をひそめてしまう。すると、すかさず陽の方が悲痛な眼差《まなざ》しになり「卑猥じゃないよ、純愛なんだ！」と芝居がかった調子で隣の木陰に向き直った。

「信じて、木陰。好きになった人が、たまたま同性だっただけなんだ！」

「わかるとも、陽。この気持ち、もう抑えられない。いっそ、おまえを閉じ込めて……っ」

「そうさ。どうせ叶《かな》わない想いなら、この俺を憎むがいい！」

「そうして最期は、おまえの面影を魂に焼きつけて果てるのさ！」

「木陰、ちょっと待って。ここは〝逝《い》くのさ〟の方が相応《ふさわ》しくない？」

「いっそ〝堕ちていく〟は？」

「じゃあ、おまえの魂を抱いて、煉獄《れんごく》の闇《やみ》へと堕ちていく、だね。メモメモ」

「いやいや、陽。そこは〝恋獄〟って当て字を使うべき」

「じゃあ、初めのセリフも魂と書いて〝ソウル〟と読ませなきゃ……」

「……そういう話なのか？」

掛け合い漫才のように暴走していく会話に、葵はウンザリと水を差す。ノリノリだった双子は頬《ほお》を膨らませ、左右から声を揃《そろ》えて「葵兄さん、ダメダメ！」と喚《わめ》いた。

「どうして、いつもノリが悪いのかなぁ。そんなんで、将来は高清水《たかしみず》神社の神主が務まると思う？　参拝客も呆《あき》れる素人《しろうと》っぽさだよ？」

「素人……」

「そうそう。葵兄さんは、もっと自分のキャラを理解した方がいいよ。何と言っても、この神社の未来がかかってるんだから。地方のゆるキャラくらいのインパクトがなくちゃ！」

「なんで、未来とかいきなり話が大きくなっているんだ。大体、ゆるキャラって……」

少し前までは人のことを「ツンデレ」だの「眼鏡萌《めがねも》え」だのと勝手に盛り上がっていたくせに、もう違うキャラ設定になっているらしい。ついていけない、とすっかり呆れ果てていると、二人は振り出しに戻って「だからニュースだって言ってるじゃん！」と迫ってきた。

「ニュースって、その漫画雑誌と関係あるのか？」

「まぁまぁ、落ち着いて聞いてくださいよ、奥さん」

誰が奥さんだ、という毎度のツッコみは胸に収め、一向に進まない話を黙って待つ。できればさっさと終わらせて、掃除の続きをしたかったからだ。今日はこの後で初宮参りの御祈《ご き》禱《とう》があり、その後はおみくじ業者との打ち合わせもある。最近では宮司の父の代理を務めることが多くなっているので、これでもなかなか多忙な日々を送っていた。

しかし、である。

「僕たちが巫女《み こ》姿で人気なのは、今更申し上げるまでもありませんが」

「葵兄さんの禰宜《ね ぎ》姿にも、ファンは増えつつあります。これ重要」

夏の制服姿の双子は、爽やかな外見とは裏腹の世俗にまみれたことを言い出す。だが、禰宜姿にファン、という不謹慎な一言はさすがに無視できなかった。潔癖な葵は不快感を露《あら》わにし、「やめてくれ、バカバカしい」と話を遮る。

「確かに、おまえたちが巷《ちまた》を巫女姿で騒がしているのは事実だ。地元の皆さんにもお蔭《かげ》さまで愛されているし、だからしばらくは好きにさせようと決めたんだ。でも、俺は……」

「うん、葵兄さんの言いたいことはわかるよ。な、陽？」

「もちろんさ、木陰。〝俺の禰宜姿にグッとくるのは、葵萌えを公言して憚《はばか》らないハンサムだけどちょっぴりフェチの入った変態さんな彼氏だけだ〃って、そういうことでしょ？」

「違う！　あ、いや、違うというか、つまり、その」

「まぁまぁ、照れなくてもいいから」

「…………」

百パーセント照れてはいなかったが、いちいち訂正するのも面倒になってきた。フェチな変態呼ばわりされた恋人には悪いが、ここはスルーさせてもらおうと葵はいち早く諦《あきら》める。

しかし、次の瞬間にはそんな心持ちなどどこかへ吹き飛んでしまった。

「じゃじゃーん！」

「な……っ……なんだ、これは……っ」

唐突に雑誌の見開きページを突きつけられ、嫌でも視界を占領される。

「『新人漫画賞、結果発表！』……？」

「そう！　真ん中辺りの記事をよく読んで！」

サラウンドで急《せ》かされて、あまり気が進まなかったが眼鏡越しにページを凝視した。それは雑誌が主催する新人漫画家育成のコンテスト記事で、特賞の該当者なし、の下に『優秀賞』という文字が大きく印刷されている。だが、葵の目を奪ったのは、そこに掲載されている受賞作の扉絵イラストだった。

「え……」

それきり、もう声が出てこない。

イラストは、神社らしき建物をバックに眼鏡をかけた女の子が、竹箒を持って仁王立ちしている様子を描いている。巫女だか禰宜だか微妙な服装をしており、幼い顔立ちの割には不必要に胸だけが大きい。まるでスイカじゃないか、と呆れたが、背景の杜から拝殿、阿吽《あうん》の狛犬《こまいぬ》までどこかで見た気がしてならなかった。

「……まさか」

バッと右手の竹箒に視線を移し、イラストと交互に見比べる。何の変哲もない竹箒なので特定のしようがなかったが、膨れ上がる疑惑は双子の言葉によって決定的となった。

「あ、やっぱりわかった？　これ、うちの神社がモデルなんだよ！」

「しかも、この女の子、葵兄さんが女体化したものなんだって！」

「にょ……たい……？」

すぐには頭で漢字が浮かばず、何の呪文《じゅもん》かと困惑する。だが、稲妻のように『女体化』の文字が脳裏に現れた瞬間、葵の思考は完全停止状態に陥った。

女体化――だと？

かけている眼鏡より目が大きく、意味もなく頬を赤らめて、そのくせ怒っているようなへの字口をした幼稚園児のような女性が、自分の顔くらいある胸を二つ突き出して、竹箒を槍《やり》のように握って立っている。異常に長い髪は膝裏《ひざうら》くらいまで伸び、何故《なぜ》だか前髪のひと房だけがぴょこんと寝癖のように跳ねていたが、一向に気にしていないようだ。

「こ、これが……」

自分……いや、女体化された自分なのか。

口に出すのもおぞましくて、葵は喉《のど》を詰まらせた。

この世に生を受けて二十八年。生来の生真面目さも手伝って、人より勤勉にコツコツと、勉強でも弓道でもなまけず熱心に励んできたつもりだ。自分なりに誠実に、神職に携わる人間として恥ずかしくないように清廉であろうと生きてきた。

「その結果が……これか……」

ありえない。いや、あってはならないことだった。

己の存在意義の危機に瀕《ひん》し、激しい目眩《めまい》がぐわんぐわんと葵を襲う。

「葵兄さん、大丈夫？　顔、真っ青を通り越して真っ白だよ？」

「これはヤバいかもよ、陽。僕たちの声、聞こえてないみたいだ」

「でも、可愛く描けてるのになぁ。選評だって、ヒロインは褒められてるし」

「萌え要素、盛りすぎだけどね。僕は、ショートカットの方が良かったと思う」

「あえての外し技か。大体、いくら女体化だからってアホ毛はないよなぁ」

「竹箒で敵と戦うっていうのも、ありかなしか微妙な線だよ」

「葵兄さんも、僕たちのこと箒の柄でよくコツンってするじゃん。応用じゃないの？」

「じゃあ、僕たちは神社の清浄な空気を食い物にするゴブリン族ってこと？」

むうっと同時に顔をしかめ、木陰と陽は「ヤダヤダヤダ！」と騒ぎ始めた。しかし、葵にとってはいつにも増して、弟たちの会話は意味不明だ。宇宙人かこいつら、と疲労困憊《こんぱい》になりながら呟《つぶや》き、とにかく何か言わなくてはと必死で口を開いた。

「おまえたち……」

「何？」

「この異様に胸の大きな幼女は、本当に俺がモデルなのか……？」

「うん、そうだよ！　ちなみに幼女じゃないからね、女子高生だから」

「葵兄さんがモデルなのは疑いようもないよね。タイトルだって『メガネギ！』だし」

陽気な笑顔を満面に浮かべ、双子は元気よく答える。

「メガネギ……？　それが、どうして俺だとわかるんだ。そもそも、それは日本語か？」

「嫌だなぁ、兄さん。それは略されてるんだよ。本当のタイトルは……」

「『メガネのネギ娘は俺のツンデレ花嫁です！』……略して『メガネギ！』なの」

「…………」

よくわからない。

それなら、『ツンデレ花嫁』の部分はどこへ消えたのだ。

「凄《すご》いよね、完全にアニメ化狙《ねら》ってるよな」

「深夜枠で1クールってとこかな。原作溜《た》まるまで、最低一年は待たないとだし」

「つか、連載も決まってないじゃん！」

きゃっきゃと悪乗りしている二人に、もはや口を挟む気力もない。自分は地味な一介の禰宜でしかないのに、どうしてこんなことに巻き込まれなければならないのだろうか。

「……そうだ、作者だ。こんな不届きな作品を描いた人間に、断固抗議しなくては！」

あまりの破壊力に失念していたが、この漫画を描いたのは誰なのだろう。そもそも漫画の賞に自分をモデルにした作品が応募されることからして、大きく間違っている。

葵の言葉を聞いた双子は、揃って「え～」とブーイングを始めた。人の気も知らないで、彼らは完全に面白がっている。だが、葵が本気で怒っていると察したのか、渋々と自分たちの得た情報について話し出した。

「この作者さぁ、以前に巫女サークルで僕と木陰を見に来てた人なんだよ」

「何だって？　おまえたち、まだあんな連中と連絡を取っていたのか？」

「そう頻繁じゃないよ。でも、話すと案外いい人たちでさ。自分たちと同じ巫女オタクが迷惑をかけたって、凄く恐縮してくれて。それから、ずいぶん態度も常識的になったんだよ」

「でね、国生《こくしょう》さんって人が漫画家目指して頑張ってるんだって。〝自分なりに、真摯《しんし》に巫女と禰宜の世界へ取り組んでみました〟ってメールで言ってたんだ」

「真摯……その結果が、どうして花嫁でネギなんだ……」

「そこは、あの人たちなりのこだわりなんじゃない？　まぁ、無断でモデルにしたのは良くないと思うけど。でも、葵兄さんが本当に嫌なら受賞は辞退しますって。遠慮なく言ってくださいって、そうも言ってたよ。どうする？」

「え……」

どうする？　と言われて、たちまち返事に窮してしまう。

本当は、今すぐ記憶から消し去りたい。自分だけでなく、作品を目にした人間全てのだ。

けれどそんなことは不可能だし、せっかく夢を摑《つか》みかけているのに受賞を辞退しろ、というのも気の毒な気がした。

けれど、ここで仏心を起こしたばかりに後々後悔しないとも限らない。

残念ながら記事には扉絵しか載っておらず、中身は来月号になるという。仕方がないので懸命に内容を想像してみたが、あらすじにある「神社の一人娘アオイが、竹箒で神域を荒らすゴブリンたちをやっつける」という文章からは、さっぱり何もわからなかった。

「それに、花嫁になるのはどうしたんだ。一体、どこの誰に嫁ぐと言うのだっ」

「葵兄さん……」

「タイトルの『俺』はどこへ行った？　どうしてゴブリンが神社に……」

「まぁまぁ、そういうのは考えたらキリがないから」

弟たちに宥《なだ》められ、ヨロヨロと力なく竹箒に寄りかかる。確かに、双子が悪ふざけをした時はこれで軽く小突いたりはした。作者は、その姿をどこからか見て話を膨らませたのだろう。そうなると、責めるべきは竹箒を本来とは違う使い方をし、あまつさえ第三者に見咎《みとが》められた己ということになる。

「く……」

国生という男のことは知らないが、聡明な弟たちが信用しているのなら、そんなに眉をひそめるような作品ではないのかもしれない。それにしても胸はデカすぎるが、漫画とは誇張や脚色が当たり前の世界だ。それより何より――。

「受賞辞退……か……」

せっかく入賞して掲載まで決まったのに、それを捨てろとはやはり言い難《にく》かった。葵は逡巡《しゅんじゅん》し、困惑し、とうとう覚悟を決めることにする。

「……わかった。受賞は辞退しなくていい。ただし、条件が二つある」

「いいの？　わーい、国生さん喜ぶだろうなぁ！」

「一つは、俺や神社やおまえたちをモデルにマンガを描くのはこれきりにする、ということ。もし破るようなら、その時はもう容赦はしない。それから、もう一つは……」

「うんうん、もう一つは？」

「麻績《おみ》の目には、絶対に絶対に入らないようにすることだ。いいか、おまえたち。絶対に余計なことをあいつに吹き込むんじゃないぞ。わかったな？」

「はーい！」

返事だけは素直に、双子は張り切って約束を請け負う。

自らの知らないところでネギの花嫁にされた葵は、胡散臭《うさんくさ》い笑顔を前にぐったりとその場にしゃがみ込んでしまったのだった。


高清水神社でひと騒動があったのと同じ頃。

警視庁捜査一課の自分の机で、葵の恋人である麻績冬真《とうま》はわなわなと手を震わせていた。

目の前に広げられたのは、双子が持っていたのと同じ雑誌だ。今日発売だと彼らからメールを貰《もら》っていたので、仕事の手が空いた隙にようやく買ってきたのだ。

「ああ、わかっていたさ。あいつらに、葵が漫画のモデルになったと聞いてからずっとな」

小刻みな震えは一向に止《や》まず、摑んだページに指がめり込んでいく。

「そうだとも。俺は、ずっとこうなるんじゃないかと思ってたよ！」

バン、と力強く机に雑誌を叩きつけ、冬真は周囲の目も顧みずに叫ぶ。

「俺の花嫁だと？　冗談言ってると逮捕するぞ！　葵は、あいつはなぁ……ツンデレで眼鏡のネギは……俺の嫁なんだよッ！」

ざわついていた室内が、その声でピタリと静寂に支配される。

しかし。

残念ながら冬真の血の叫びに同意してくれる者は、もちろん一人もいなかった。


冬真が葵と過ごすのは、もっぱら夜の自宅が多い。互いに休みがなかなか合わないのと、葵は実家暮らしなので家族の目が憚られるのとで、どうしても仕事が終わってからの数時間を当てるしかなくなってしまうからだ。おまけに時間が不規則なので、約束から二、三時間ずれるなんてザラだった。それでも、葵は「会えないよりはマシだ」と面倒がらずに通ってきてくれる。相変わらず頑《かたく》なに合鍵は受け取らないが、大した苦ではないと笑う。

けれど、今夜は少しだけ様子が違っていた。

「どうした、葵？　気が乗らないなら、やめておくか？」

「え……？」

何を言い出すんだ、とベッドに組み敷かれた状態の葵は、本気で驚いている。自覚がないのか、と冬真は苦笑し、ゆっくりと彼の上から身体《からだ》を退《ど》けた。

「おい、麻績。おまえ何を……」

「ん〜？　だってさ、葵の眉間《みけん》に皺《しわ》が寄ってたから。すっげぇ小難しい顔して、まるで苦行に耐えているみたいだったぞ。そんなんじゃ、心配にもなるだろ？」

「そ、そんなことは……」

「無理しなくていいって。あ、別に嫌みじゃないからな？　せっかく一緒にいられるんだから、葵の笑った顔を見ていたいだけだよ。寛《くつろ》げないのに抱き合ったって、おまえの負担が大きくなるだけだし。その、単純に肉体的な問題だけど」

「………」

室内は照明を落としており、カーテンの隙間から差し込む月光が唯一の頼りだ。薄闇《うすやみ》で浮かび上がる葵は、細くしなやかな身体にその光を浴びて輪郭が淡く光っていた。見惚《みと》れてしまうな、と冬真は胸で呟き、脱がしかけたシャツを起き上がる彼に羽織らせてやる。いかにも気まずそうに葵は俯《うつむ》き、伸ばされた冬真の手をきゅっと握ってきた。

「ん？」

柔らかな声音で、小さく尋ねる。強情で強がりな恋人は、上手《うま》く誘導してやらないと愚痴も吐けないのだ。初めの頃は「水くさい」と思ったが、それが葵なのだ、と認めた途端、愛《いと》おしい美点へと変化した。

「何だよ、葵？　俺は、ここにいるだろ？」

「……あの」

「うん」

「弟たちには口止めしたんだが、その、正直俺もこんなに引きずるとは思わなくて」

「うん……？」

「だから、やっぱりおまえには話した方がいい気がする。その代わり、聞いても絶対に笑わないでくれ。それと、必要以上の詮索《せんさく》はなしだ。いいか？」

大いなる決意を秘め、きりりと葵がこちらを見る。二人してベッドに入り、愛し合う寸前だったので、彼は眼鏡をかけていなかった。裸眼だとかなり視力が悪いはずだから、はたして見えているかどうかもわからない。それでも、冬真は手を抜かずにしっかりと頷《うなず》いた。

「わかった。笑わないし詮索しない」

「ありがとう」

ふぅ、と安堵《あんど》の息を漏らし、葵は自分がモデルの漫画が、と話し出す。まさか、今日の昼間にそれで「俺の嫁」宣言をしたとは言えず、冬真も内心の動揺を隠すのに精一杯だった。

「……というわけなんだ。それで、何だか考えてしまって」

「考える？　何を？」

「いや、国生という青年が俺をわざわざ女性に置き換えて描いたのは、もしかしたら俺の中に女性的要素を感じたせいなのかな、とか。そんな意識は全然なかったんだが、やはり心外な事実に変わりはないし。それで……」

ああそうか、と話の途中で冬真は全てに得心がいく。

要するに、葵は抱かれる側の自分に懸念を持ったのだ。別に話し合って役割を決めたわけではなく、やや冬真の方が強引に迫ったので葵が受け入れてくれたに過ぎないが、いつの間にかそれが暗黙の了解に繋《つな》がっていた。

しかし、今更役割交替と言われても困る。葵が憂慮するのは当然だが、だからと言って彼に抱かれる自分は想像できなかった。どうしても、と言われれば努力はするが、乗り越えるにはかなりハードルが高い。愛の力で何とかしたいと思うものの、怖気《おじけ》づいてしまう自分が情けなかった。

（そうやって考えてみると、葵って本当に凄いんだな。価値観が引っくり返るような行為を許容してくれてるんだもんな。俺、こいつの懐の深さにずいぶん甘えていたんだなぁ）

初めて彼を抱いた時、「死にそうだ」と言われた。あれは何かの比喩《ひゆ》でも何でもなく、葵の本心だったのだろう。そう思うと改めて愛おしさが募り、同時に「大事にしたい」と強く思う。肌を重ね、体温を分け合って一つに繋がる――欲望のままに互いを貪《むさぼ》るのも楽しいが、許してくれている葵へ愛を伝えられる行為であればもっといい。

「冬真？　おい、聞いているのか？」

「え？　あ、もちろんだよ。漫画な。いや、なかなか奇想天外な話だったんで驚いた」

「おまえ、芝居が下手だな」

冷ややかに言い放たれ、ぎくりと笑みが凍りついた。何かヘマをしただろうか、と狼狽《ろうばい》していると、何を思ったのか葵がせっかく羽織ったシャツを再び肩から落とす。目に毒な白い肌が無防備に曝《さら》け出され、冬真の鼓動が不埒《ふらち》な音をたてた。

「葵……？」

「こんな突拍子もないネタ、あの弟たちがおまえに内緒でなんかいるものか。俺が口止めする前に、とっくに情報が回ったに決まっている。そうだろう？」

「え、えーと、それはだな」

「それに、俺は……」

続けて何か言いかけて、ふと葵は口をつぐんだ。代わりに柔らかく微笑《ほほえ》むと、自分から進んで唇を重ねてくる。まるで月光が宿ったかのように、その感触は冷たくて甘かった。

「葵……」

「すまない、冬真。おまえの愛撫《あいぶ》を受けながら、俺は確かに迷っていた。こうして抱かれていることが、少しずつ俺自身を根底から変えてしまうんじゃないかって」

「…………」

「俺は男だ。それは、おまえと愛し合っていても変わらない。女性を抱く側の人間で、それを捻《ね》じ曲げておまえとこうしていることも事実だ。でも……」

途中で、葵の唇を塞《ふさ》いだ。彼の言いたいことは、先ほどのキスで充分伝わっている。もどかしげに言葉を綴《つづ》る様子は可愛かったが、説明されなければ気づけない鈍感な奴だとは思われたくなかった。

「いいんだ、もう。おまえの気持ち、凄く嬉しいよ。葵、愛してる」

「冬真……」

「愛している。大好きだ。俺は、この先もずっとおまえのものだよ」

「俺の……」

「ああ。俺も、今わかった。俺が葵を抱く時、おまえも俺を抱いてくれていたんだな。そういう意味で、俺たちは何度も繋がってきたんだ。男とか女とか関係なく、一つに溶け合うくらい気持ちが良かったのは、きっと俺も――おまえに抱かれていたからだ」

わかるだろうか。伝わるだろうか。めちゃくちゃな言葉選びの中で、一番言いたかったことが何なのか。願いを込めて冬真は口づけ、葵の身体を抱き締めた。

自然の摂理に反していても、こうすることが自分たちには一番しっくりくる。

多分、葵が自らの立場を振り返って辿《たど》り着いた答えはそういうことだ。だから後悔はないんだと、これから先も抱き合って眠ろうと、彼はそう告げようとしたのだろう。

「葵、愛してる」

腕に抱いたまま、緩やかに組み敷いた。

愛しい鼓動が直《じか》に響き、葵の熱に火が灯《とも》される。

数えきれないほど唇を重ね、溢《あふ》れる想いに舌を絡めて、冬真は幾度もくり返した。答えは艶《つや》やかな吐息となって、葵の声を快感に湿らせる。蜜《みつ》の言葉が愛撫のように、その肌を仄《ほの》かな朱に染め上げていった。

「あ、冬美《ふゆみ》ちゃんからメールだ」

「僕んとこも」

二段ベッドの上下で、ほぼ同時に木陰と陽が声を揃える。照明を消した室内に、二つの小さな明かりが星のように灯った。時刻は間もなく十二時になろうとしているが、夜更かしを叱《しか》る兄は今夜は留守だ。だから、二人は堂々と受信メールを読むことができた。

夜の逢引《あいび》きに出かけた兄は、恐らく今度も朝帰りだろう。寝不足な様子を微塵《みじん》も顔に出さず、早朝から澄まして境内を掃いている姿を見ると、双子たちはいつも揶揄《やゆ》する気持ちが途中で消える。それは、あまりに兄が幸せそうだからだ。冷やかしさえ野暮に思えるほど、束の間の逢瀬《おうせ》が兄を優しく満たしていた。

「やっぱり、僕らの選択は間違っちゃいなかったね、木陰」

「あったりまえさ、陽。ほら、冬美ちゃんだってメールで言ってるじゃん」

同じ文面を一緒に送られたので、今回の勝負は引き分けだ。おまけに、彼女は木陰と陽に夏のお誘いをかけてきていた。明日から夏休みなので、都合を合わせて避暑地の別荘に行かないかと書いてある。そうして……――。

「〝できれば、葵さんも連れてきてね。あたしも、何とかお兄ちゃんを引っ張り出します〟だってさ。なぁなぁ、これってやっぱり……」

「やっと認める気になったんじゃない？　葵兄さんとハンサム刑事《デカ》のこと」

「そうだよね！」

「そりゃそうさ！」

話している間に嬉しくなって、二人はとうとうベッドから飛び出した。互いのメールを並べて見せっこし、「葵と冬真を旅行に連れていこう」という計画にすぐさま夢中になる。何しろ兄たちは仕事が多忙で、旅行など一緒に出掛けたことは皆無なのだ。

「楽しいな、木陰。今度は、どんな事件が待ってると思う？」

「待て待て待て。行く先々で事件が起こるのは、もう決定事項なのかよ、陽？」

わくわくと期待に満ちた瞳で、二人は顔を見合わせる。

――そうして。

「当然！」

明るく声を張り上げると、弾《はじ》かれたように笑い転げた。

あとがき

こんにちは、神奈木です。足かけ四年に亘ってお送りしてきた『うち巫女』シリーズ、ひとまず今回にて終了です。ここまでのお付き合い、本当にありがとうございました。

今回でラストにしようと決めた理由は、メイン二人が揺るぎない絆を育みつつあるな、と確信したからです。この先は、何があっても二人で明るく乗り越えていく姿が目に浮かびます。そんなわけで、穂波さんの描かれる双子はめちゃ可愛いし、葵が私的にストライクな容姿だったので見られなくなるのは淋しい限りですが、これにてしばしのお別れ。また何かの機会にその後のラブラブっぷりをお届けする時もあるやもしれませんが、どうかそれまで記憶の片隅にでも彼らのことを留めておいてやってくださいね。

また、一部の方から「気になる！」とご意見をいただいた矢吹と蓜島ですが、蓜島としてはあそこまでが精一杯……いや、でも長年のツンツン時期を思えば蓜島は頑張った！　ずいぶんデレたよ！　と作者としては彼を褒めてあげたいです。前回も書きましたが、やはり一足飛びにBLな関係になるには拗《こじ》れすぎた二人なので、もうしばらくは曖昧な空気で相手の心を探り合うやり取りが増えていく——そんなじわじわな仲でいるだろうなと。ただ、このままでは不完全燃焼だ、モヤモヤするぞ、と思われる方もいらっしゃるでしょう。いつか、この二人がどうにかなるまでを書けたらとは考えていますので、その時はまたよろしくお願いします。同様に「成長した双子&宮本くん」とか、考えると（私が）楽しいネタもいろいろありますが『うち巫女』のタイトルからは完全に外れてしまうので（双子が巫女やるのは、中学卒業までだろうし）やっぱりシリーズとしては今作がラストということで。

最後に、穂波ゆきね様。穂波様のイラストなしでは成立しないほど、シリーズを通して作品世界を大いに盛り上げていただきました。タイトなスケジュールの中、シリアスからコミカルまで本当に素敵なイラストの数々を描いていただき、今はひたすら感謝の気持ちで一杯です。穂波様の絵でキャラたちを動かせただけでも、『うち巫女』を書き続けてきて良かったなぁとしみじみ思います。ラストでは、私的ツボな「ネクタイを引っ張ってチュー」のシチュがイラストで拝見できたのも何よりのご褒美でした。たくさんご迷惑をおかけしたこと、改めてお詫びすると共に、本当に本当にどうもありがとうございました。

また、担当のO様にも今回も大変お世話になりました。どうぞ、今後ともよろしくお願いいたします。シリーズ、新作共にもっと精進して頑張っていきたいです。

ではでは、お名残惜しいのですがそろそろこの辺で。皆様のご感想やご意見、心からお待ちしております。また、次の機会にお会いいたしましょう——。

http://blog.40winks-sk.net/（ブログ）https://twitter.com/skannagi（ツイッター）

神奈木　智拝

✦初出　うちの巫女、もらってください……………………書き下ろし
うちの後輩が言うことには……………………………書き下ろし
うちの先輩が言うことには……………………………同人誌掲載作を改稿
オレの嫁が言うことには………………………………書き下ろし

神奈木智先生、穂波ゆきね先生へのお便り、本作品に関するご意見、ご感想などは
〒151-0051 東京都渋谷区千駄ヶ谷 4-9-7
幻冬舎コミックス　ルチル文庫「うちの巫女、もらってください」係まで。

幻冬舎ルチル文庫
うちの巫女、もらってください

2013年5月20日　　第1刷発行

✦著者　神奈木 智　かんなぎ さとる

✦発行人　伊藤嘉彦

✦発行元　株式会社 幻冬舎コミックス
〒151-0051 東京都渋谷区千駄ヶ谷 4-9-7
電話 03(5411)6431［編集］

✦発売元　株式会社 幻冬舎
〒151-0051 東京都渋谷区千駄ヶ谷 4-9-7
電話 03(5411)6222［営業］
振替 00120-8-767643

✦印刷・製本所　中央精版印刷株式会社

✦検印廃止

ISBN978-4-344-82843-8　C0193　Printed in Japan